Das Buch

Eigentlich zieht Valérie Tasso nach Paris, um Japanisch zu lernen. Aber dann kommt alles ganz anders. Zusammen mit dem charismatischen Taxifahrer Pipo erlebt sie in nächtlichen Streifzügen zwischen Swingerclubs und SM-Partys, Prostituierten und Transvestiten jenes wollüstige Paris, das in keinem Reiseführer beschrieben ist. Ein früherer Liebhaber meldet sich zurück. Und ihre attraktive Zimmergenossin Mimi führt Valéries sexuelle Identität in völlig neue Dimensionen …
Die gewagte autobiographische Erzählung über einen Sommer voll Erotik und Leidenschaft.

Die Autorin

Valérie Tasso, gebürtige Französin, lebt seit 1992 in Spanien. Sie machte ihr Universitätsdiplom in Business Management und arbeitete danach bei verschiedenen internationalen Unternehmen. Später verdiente sie eine Zeit lang ihr Geld als Edelprostituierte. Ihr *Tagebuch einer Nymphomanin* wurde ein internationaler Bestseller.

In unserem Hause ist von Valérie Tasso bereits erschienen:

Tagebuch einer Nymphomanin

Valérie Tasso

Paris bei Nacht

Aus dem Spanischen
von Carmen Schöninger

Ullstein

Besuchen Sie uns im Internet:
www.ullstein-taschenbuch.de

Umwelthinweis:
Dieses Buch wurde auf chlor- und säurefreiem Papier gedruckt.

Deutsche Erstausgabe im Ullstein Taschenbuch
1. Auflage August 2006

Titel der spanischen Originalausgabe: *Paris la nuit* (Plaza Janés,
Grupo Editorial Random House Mondadori, Barcelona)
Umschlaggestaltung: Büro Hamburg
Titelabbildung: Barnaby Hall/Getty Images
Gesetzt aus der Sabon bei Pinkuin Satz und Datentechnik, Berlin
Druck und Bindearbeiten: Ebner & Spiegel, Ulm
Printed in Germany
ISBN-13: 978-3-548-36838-2
ISBN-10: 3-548-36838-7

Für dich, Geliebter, für all die Nächte,
die wir nicht in Paris verbrachten

Inhalt

Das größte Laster ist die Seichtheit.
Oscar Wilde

In unserer Welt vermögen wir nur durch Leid und Schmerz zu lieben. Eine andere Weise ist uns nicht gegeben, noch kennen wir eine andere Form der Liebe.
Fjodor Dostojewski

Es ist allbekannt, dass die Liebe eine Brille ist, durch die selbst ein Ungeheuer anziehend wirken kann.
Alberto Moravia

Vorwort

Die Stadt Paris hat zwei Gesichter.
Zum einen ist sie eine Prostituierte, ausgezogen von den Blicken ausländischer Touristen, die in Scharen hierher kommen und in das Innerste dieser Stadt vordringen, die als eine der schönsten der Welt gilt.
Zum anderen ist sie eine Verführerin, die all jenen, die es wagen, ihren Versuchungen zu erliegen, ein Paris offenbart, wie es authentischer nicht sein könnte und wie es in keinem Reiseführer zu finden ist.
Es gibt Städte, deren Einzigartigkeit regelrecht trunken macht. Sie hinterlassen Spuren – wie die Fingernägel einer heißblütigen Geliebten auf den Schultern ihres leidenschaftlichen Liebhabers.
Paris ist so viel mehr als eine Museumsstadt mit massenweise Schmutzpartikeln in der Luft ...
In den Straßen dieser Stadt wurde ich zu einem Schatten. Ich glich einem Geist, dazu verdammt, im Licht der Laternen und im Rhythmus der Nacht herumzuirren, sobald sich die Dunkelheit herabsenkte. Mit weit offenen Augen strich ich durch das Dunkel und immer häufiger nahm ich teil am nächtlichen Geschehen ... Es bleibt Ihnen überlassen, es mir gleichzutun!

Pariser Szenen

Im Juli kommen dann die Ferien, die schönen
großen Ferien, eine nie gekannte Hölle.
Pierre Mérot, *Säugetiere*

Da ich meine Sandale zu verlieren drohte, bückte ich mich ein wenig, um den Lederriemen zurechtzurücken. Dabei stützte ich mich an der Wand eines Ladens ab, dessen Eingangsschild verkündete, dass hier von 10 bis 19 Uhr geöffnet war.

Ich hätte mir nie vorstellen können, dass in Paris eine solche Hitze herrschen konnte. Meine Schuhe drückten beträchtlich, meine Knöchel waren geschwollen und meine Fußsohlen verschwitzt; so erging es mir sonst nur in mediterranen Städten wie Barcelona, das ich in der Nacht zuvor verlassen hatte.

An beiden Füßen hatten sich – ganz nach dem berühmten Murphy-Gesetz – unter den scheuernden Lederriemen bereits Blasen gebildet, und ich beschloss, eine Apotheke aufzusuchen und mir Pflaster zu besorgen.

Mitten auf dem Gehsteig sitzend, den Koffer neben mir, verarztete ich unter den teils entsetzten, teils verächtlichen Blicken der Passanten meine Blessuren. Für die Pariser war jedes auf dem Boden sitzende Individuum ohne Zweifel eine Person ohne festen Wohnsitz, ein Obdachloser, und um ehrlich zu sein, da lagen sie bei mir gar nicht so falsch: Ich war soeben aus Barcelona hier eingetroffen und hatte vor, mir für einige Tage ein Zimmer in einer billigen Pension zu mieten. Danach hoffte ich bei meiner Freundin Mimi unterzukommen, die momentan allerdings noch verreist war.

Meine finanzielle Lage zu diesem Zeitpunkt ließ jedes Fünf-Sterne-Hotel mit weitläufigen Treppen und vergoldeten Handläufen in weite Ferne rücken und so erreichte ich schließlich humpelnd meine Pension im billigsten und heißesten Viertel von ganz Paris. Ich war mit dem Nachtzug von Barcelona angereist, um hier einen einmonatigen Japanisch-Intensivkurs zu besuchen.
Yamal, der Empfangschef, war nicht gerade die Freundlichkeit in Person und hatte kaum ein Wort für mich übrig. Offensichtlich hatte er nicht so früh mit mir gerechnet, und so führte er mich schlecht gelaunt in den Speiseraum, wo ich warten sollte, bis mein Zimmer fertig war. Seine an mich gerichtete Kommunikation beschränkte sich auf ein knappes »Schönen Tag noch!«, wobei die letzten Silben bereits wieder in einem ausgeprägten Gähnen untergingen, das sämtliche Adern an seinem Hals beängstigend hervortreten ließ.

Es war der Juli des Jahres 1995.

Edouard

Rück es endlich raus, du verdammte Hure!«
Der Unbekannte packte die Frau an den Haaren, drückte ihr Gesicht fest gegen das Fenster des Autos und bewegte ihren Kopf hin und her, als wollte er eine Zigarette ausdrücken. Der Lippenstift der Frau verschmierte auf der Scheibe wie Blut. Schnell durchwühlte der Mann die Taschen des Regenmantels, den die Frau trug, und nahm etwas heraus. Danach warf er, ohne Zeit zu verlieren, sein Opfer aus dem Taxi auf die Straße, knallte die Autotür zu und entfernte noch schnell mit seinem Ärmel die verräterischen Spuren auf der Scheibe, bevor er mit quietschenden Reifen den Parkplatz verließ.
Noch ein Film mit miserablem Drehbuch und mäßigen Schauspielern. Scheinbar brachten sie im französischen Fernsehen tatsächlich nur Müll. Ich schaltete den Fernseher aus und beschloss schlafen zu gehen, doch ich war zu aufgeregt: Morgen war es also so weit und ich würde ihn wiedersehen – und das nach elf langen Jahren.
»Ich bin jetzt Arzt«, hatte er mir am Telefon erklärt, »und arbeite in einer bedeutenden Pariser Klinik. Wir haben morgen eine Konferenz im Sheraton.«
Wir verabredeten uns also für den nächsten Abend um acht Uhr im Hotel Prince de Galles Sheraton. Wir vereinbarten, uns zuerst an der Hotelbar zu treffen, danach wollte er mich mit zu dem Empfang nehmen, der hier im Anschluss stattfinden sollte und der – wie er mir versi-

cherte – »vom Allerfeinsten« sein würde, »mit Kanapees und außergewöhnlichen Leuten«.
Ich wunderte mich, dass er die Kanapees mit den Leuten auf eine Stufe stellte, doch ich wollte nicht schon vor dem Treffen zickig wirken. Für mich zählte nur, dass ich ihn dort wiedersehen würde, was kümmerte es mich also, was es dort zu essen gab oder wer sich sonst noch dort herumtrieb?

Edouard war also Arzt geworden, genau wie sein Vater. Es erstaunte mich nicht, dass er diesen Beruf ergriffen hatte: Die menschliche Anatomie hatte ihn schon immer begeistert – insbesondere die weibliche …
Sein Haar hatte dieselbe Farbe wie meines, wenngleich mit leicht rötlichem Schimmer, und erinnerte an einen ausgefransten Wischmopp. Jeden Morgen betonte er die nicht zu bändigenden Strähnen mit etwas Gel. Einige goldene Sommersprossen zierten seine Wangen, und seine Freunde zogen ihn immer wieder damit auf, dass er wie eine Mischung aus Ministrant und Punk aussah. In einer Werbung, die damals häufig ausgestrahlt wurde, aß ein sommersprossiger Junge mit roten Haaren begeistert einen Käse mit orangefarbener Rinde, und die verblüffende Ähnlichkeit des Jungen mit Edouard gab zusätzlich Anlass zu ständigen Frotzeleien.
Er nahm das alles mit großem Humor, da für ihn die Freundschaft an erster Stelle kam: Was seine Freunde sagten oder taten, hatte niemand in Frage zu stellen. So wie auch in jener lange zurückliegenden Nacht, die wir zusammen in seinem Zelt im Garten seines Elternhauses verbracht hatten.

Damals tauchten plötzlich mitten in der Nacht seine Freunde mit Taschenlampen bewaffnet auf und versuchten wie elende Spanner einen Blick auf uns und unser Treiben zu werfen. Dabei kann es unmöglich allzu schwer gewesen sein, dieses zu erraten ... Da wurde es selbst Edouard zu viel, und er kroch aus dem Zelt, um seinen Freunden die Meinung zu geigen, während ich mich im Inneren des Zelts unter die Decke kuschelte und auf dem Schlafsack, den Edouards Vater uns großzügig überlassen hatte, eine Reihe von Spermaflecken hinterließ.
Als wir uns am folgenden Tag mit Edouards Freunden trafen, war alles wieder vergeben und vergessen, und die nächtlichen Ereignisse wurden mit keinem Wort mehr erwähnt.

Ich konnte einfach nicht einschlafen. Also stand ich wieder auf, zündete mir eine Zigarette an und stellte mich ans Fenster, um die Straße zu beobachten. Mein Zimmer lag im ersten Stock, gleich neben der Metrostation Blanche – authentischer ging es kaum.
Die Vorhänge vor dem Fenster waren fast durchsichtig und einen Moment lang kam ich mir nackt und schutzlos vor. Wenn ich durch sie hindurchblicken konnte, war ich selbst vermutlich auch zu sehen. Mein Zimmer lag im Erdgeschoss, mit kaum mehr als einem Meter Abstand zwischen Fenster und Bürgersteig. Jeder Passant hätte mir ohne Probleme mit einem persönlichen Händedruck eine gute Nacht wünschen können.
Der Himmel war wolkenlos und die Luft schwül. Das typische Paris lag vor mir in unmittelbarer Reichweite: Pigalle und Montmartre, das Moulin Rouge, vor dem lange Reihen von Autobussen parkten, und die vielen Peepshows,

deren unermüdliche Akteure sich Tag und Nacht darum bemühten, so viel Kundschaft wie möglich zu begeistern und das gegebene Versprechen von einem unvergleichlichen Genuss sowohl für Ihn als auch für Sie einzulösen.

Es wunderte mich nicht, dass ich nicht schlafen konnte, denn von meiner Nervosität vor dem morgigen Treffen einmal ganz abgesehen herrschte auf der Straße ein Höllenlärm, verursacht durch herumkullernde und zerbrechende Bierflaschen.

Während also einige junge Nordafrikaner Fußball mit Bierflaschen spielten, hatten sich ein paar andere offensichtlich dazu entschlossen, die Fakirlaufbahn einzuschlagen, da sie sich ungeachtet der zahllosen Splitter in einer wilden Rauferei am Boden wälzten. Dies erweckte wiederum das Missfallen einer weiteren Gruppe, die sich nun lautstark auf die Kämpfenden warf, um sie voneinander zu trennen. Aus den weit geöffneten Türen und Fenstern eines geparkten Autos dröhnte mit maximaler Lautstärke Soul-Musik, und die Insassen – einige junge Afrikaner – bewegten begeistert Hände und Köpfe zu den rhythmischen Klängen des Saxophons. Inmitten dieses Treibens überquerten einige hübsche Mädchen mit kurzen Haaren und extrem langen, feingliedrigen Beinen die Straße. In ihren großzügigen Dekolletés glitzerte es vielfarbig, wo der Schweiß in dieser Nacht seine Spuren zwischen ihren Brüsten hinterlassen hatte: Es waren Tänzerinnen des Moulin Rouge, mit langen, aufgeklebten Wimpern. Bei ihrem Anblick ertönten sofort begeisterte Pfiffe aus dem Auto der Afrikaner. Die Mädchen, daran gewöhnt, jedwede Anmache zu ignorieren, gingen ohne erkennbare Reaktion weiter und schenkten den aufdringlichen und vulgären Zurufen der gut bestückten Aufreißer keinerlei Beachtung.

Inmitten dieses Trubels fiel mein Blick auf das gegenüberliegende Fenster, wo ich nun einen Schatten zu erkennen glaubte. Sofort fixierte ich diesen schwarzen Umriss im zweiten Stock des Gebäudes, in der Hoffnung, irgendein Detail zu erkennen, doch was immer ich auch gesehen zu haben glaubte, es bewegte sich nicht. Scheinbar war es doch nicht mehr gewesen als einfach ein schwarzer Fleck auf einem Vorhang. Ausgehend von einem Schild auf der Eingangstür, auf dem »Zu verkaufen« und eine Telefonnummer stand, zählte ich die Stockwerke des Gebäudes. Danach richtete ich meinen Blick wieder auf das Fenster im zweiten Stock, doch wie von Zauberhand war der schwarze Fleck nun verschwunden. Stattdessen sah ich einen schwachen Lichtschimmer, der offensichtlich aus einem der hinteren Zimmer derselben Wohnung kam.

Ein heftiger Hustenanfall ließ mich die Zigarette ausdrücken und das Fenster öffnen. Ich brauchte dringend frische Luft. Die Tänzerinnen überquerten weiter entfernt erneut die Straße, teilten sich auf mehrere Taxis auf und verschwanden im Dunkel der Nacht. Die Raufbolde gaben nun endlich Frieden, die Afrikaner schlossen die Türen ihres Autos und ich mein Fenster. Bevor ich mich jedoch erneut auf mein Bett legte, um zu schlafen, steckte ich mir für alle Fälle noch Stöpsel in die Ohren.

»Vergessen Sie nicht, die heutige Nacht zu bezahlen, sonst kann ich Ihnen Ihren Pass nicht zurückgeben. Das habe ich Ihnen gestern schon gesagt. Bei uns werden immer zwei Nächte im Voraus bezahlt.«

Wegen meiner Sonnenbrille konnte ich die einzelnen Gelbschattierungen des Hemdes von Yamal Alaui (dieser Name stand auf einem kleinen Schildchen, das mit einer Nadel an der Brusttasche befestigt war) nicht erkennen, deswegen richtete ich meinen Blick auf seine braune Haut. Er hatte dichte Augenbrauen und nach der Nachtschicht waren bereits wieder die ersten Bartstoppeln auf seinen Wangen zu sehen.

»Von woher kommen Sie eigentlich?«, fragte ich ihn und lächelte ihn dabei an.

»Diese wunderbare Haut verdanke ich der Sonne in Oran«, antwortete er, während er die Ärmel seines Hemdes nach oben schob und seinen Bizeps mit Stolz betrachtete.

Ich konnte ein wenig Nostalgie in Yamals Augen lesen. Vermutlich dachte er an die Geschichten, die ihm sein Vater über Nordafrika erzählt hatte, über jene Zeit, als alle Welt noch friedlich Pfefferminztee getrunken und das Lesen einer französischen Zeitung noch nicht als Sakrileg gegolten hatte. Er war zu jung, er hatte nie ein konfliktfreies Algerien kennen gelernt. Yamal verkörperte perfekt zeitgenössische Auswüchse und Trends wie Rap, »Tag« und »Taf«*, Sozialhilfe und Mindestgehalt. Er war zwar in Algerien geboren, doch im Wohlfahrtsstaat Frankreich aufgewachsen und den hiesigen Konventionen entsprechend erzogen.

»Und woher kommen Sie?«, fragte er mich.

Ich zögerte einen kurzen Moment.

---

* *Tag*: in der Graffiti-Szene das unterschriftenartige Kürzel eines Malers. *Taf*: Zug an einer Zigarette.

»Ach, beziehen Sie sich jetzt auf das kränkliche Weiß meiner Haut?«, sagte ich dann mit einem Schmunzeln. »Das bezeichne ich als reinstes *Blanche brut*«, und spielte damit auf meinen Geburtsort in der französischen Champagne an.

»Sollte ich das kennen?«

Ich kramte aus meiner Geldbörse das Geld für die Nacht und legte es auf den Tresen der Rezeption. Dann sagte ich:

»Der Ort liegt ungefähr zweihundert Kilometer von hier.«

Ich nahm den Pass, den Yamal aus einer Lade hervorgeholt hatte, während er vermutlich darüber nachdachte, welcher Ort, der zweihundert Kilometer von Paris entfernt lag, serienmäßig Albinos in die Welt hinaus schicken mochte. Ich schob meine Brille fester auf die Nase und ging hinaus.

Das Licht war stechend, wie Millionen Röntgenstrahlen, die die Haut der von so viel Hitze genervten Passanten auf der Straße durchdrangen. Vom Gehsteig stieg ein intensiver Asphaltgeruch auf, der das wenige Chlorophyll überlagerte, das von den Bäumen, die es geschafft hatten, in dieser gewaltigen Stadt zu überleben, freigesetzt wurde. Meine Sonnenbrille schützte mich vor der gleißenden Helle, die in dieser Form in Paris nur selten zu erleben war. Mir gefiel die virtuelle Realität hinter den dunklen Gläsern. Es war, als ob man die Wirklichkeit betrachten könnte, ohne selbst Teil davon zu sein. Die dunklen Gläser umrahmten die Realität und begrenzten gleichzeitig meine eigene Perspektive, sodass sich mir ein neuer Blickwinkel innerhalb meines Selbst eröffnete.

Den Tag an sich hatte ich nie gemocht. Ich war schon immer ein Wesen der Nacht und in gewisser Weise schuf ich mir durch das Aufsetzen der Sonnenbrille die von mir so geliebte Dunkelheit. Tatsächlich hatte ich die Angestellte in dem Laden zur Verzweiflung gebracht, als ich mit abfälliger Miene Hunderte von Brillen durchprobierte und ihr dabei deutlich machte, dass ich die dunkelsten Gläser haben wollte, die sie in ihrem Laden finden konnte.
Leichten Schrittes ging ich weiter. Obwohl der Himmel so heiter war und die Sonne die Straßen in ein neues Licht tauchte, waren die Pariser nicht besser und nicht schlechter gelaunt als an jedem anderen Tag. Ob es nun regnete oder die Sonne strahlte, stets schienen sie vergrämt und gereizt zu sein.
In Wirklichkeit waren gar nicht so viele Pariser unterwegs, da der Großteil von ihnen im Sommer der Stadt den Rücken kehrte, was an sich ja nichts Schlimmes ist. Was mich jedoch an den Parisern besonders nervte, war die Tatsache, dass sie dann begeistert alle dieselben Reiseziele buchten, um auch dort unter sich zu sein und auf diese Weise ihr eigenes, kleines Paris zu schaffen, nur vor exotischerem Hintergrund.
Ich sah nur wenige lächelnde Gesichter und die gehörten Italienern, Spaniern – und Engländern (ja, ja, sogar Engländer können lächeln … wenngleich nur außerhalb ihres Landes, versteht sich).
Mit der Metro fuhr ich von der Station Blanche zum Institut für Orientalische Sprachen, um mir dort den Stundenplan für die Japanisch-Vorlesungen zu notieren.
Die Pariser Metro gleicht einer wenig einladenden Höhle und der grässliche Gestank nach Exkrementen ist bereits

beim Eingang wahrnehmbar. Ungestraft beleidigen die Ausdünstungen weiße, schwarze und gelbe Nasen gleichermaßen, und man ist sie erst wieder los, wenn man wieder ans Tageslicht kommt. Dessen ungeachtet gefiel es mir jedoch, mich in diese dämmrige und von Geschwindigkeit geprägte Welt zu begeben und das Tageslicht hinter mir zu lassen.

Nun waren es nur noch wenige Stunden bis zu meinem Treffen und ich hatte irgendwie dasselbe Gefühl wie damals, als wir zum ersten Mal die Nacht miteinander verbracht hatten. Ich fühlte mich unerfahren und war ebenso aufgeregt wie ängstlich angesichts des Unbekannten, das vor mir lag. Für mich stand außer Frage, dass Edouard nach elf langen Jahren für mich ein völlig Fremder sein würde, doch hätte ich nie im Leben erwartet, dass mich das Ganze derart aufwühlen würde …

Um halb acht machte ich mich auf den Weg zum Sheraton. Nachdem ich mich an der Rezeption nach der Bar erkundigt hatte, setzte ich mich dort auf einen Hocker unmittelbar an der Theke. Von hier aus beobachtete ich unverhohlen jeden, der in meine Nähe kam, sowie alle, die bereits etwas bestellt hatten und in ein Gespräch vertieft waren. Ich hatte diesen Platz absichtlich gewählt, da ich von hier aus alle Leute im Blick hatte, die die Bar betraten oder verließen. Ein »Überraschungsangriff« von Edouard war also nicht möglich. So, wie es aussah, war ich vor ihm hier. Es war jetzt fünf vor acht, und allem Anschein nach hatte Edouard sich vorgenommen, entweder genau pünktlich oder mit einer geringfügigen Verspätung hier aufzutauchen, so wie es bei einem Date dieser Art – in

unserem Falle war es ja beinahe ein »Blind Date« – eben angebracht war.
Ich konnte mir selbst nichts vormachen. Wie ich da so auf meinem hohen Hocker saß – insgeheim kam ich mir vor wie eine Kleinwüchsige, deren Beine nicht bis zum Boden reichen –, bemühte ich mich vergebens darum, Lockerheit und Entspanntheit auszustrahlen. Für mich war dieses Date einfach extrem wichtig und die Nervosität nahm mehr und mehr von mir Besitz.

Edouard betrat pünktlich und mit festen Schritten die Bar, wobei hinter seiner Schulter ein seltsamer kleiner Lichtschein strahlte, der mich an Bilder von Geistererscheinungen denken ließ. Er blieb stehen und drehte sich betont langsam zur Theke um. Ähnlich, wie man beim Betrachten der Bilder des letzten Urlaubs die Seiten des Fotoalbums voller Erwartung nur langsam umblättert, schien auch er diesen Moment voll auskosten zu wollen. Alles spielte sich nur noch im Zeitlupentempo ab. Für mich war nicht er es, der sich mir nun näherte; vielmehr waren es die Bilder meiner Jugendzeit, als ich mit Emma zu nächtlichen Abenteuern aufbrach, als wir noch unschuldig waren und frei von jener Verantwortung, die das Erwachsenenleben mit sich bringt. Diese Erinnerungen standen nun hier, direkt vor mir, neben dem Drink, den ich vorher nervös bei einem eleganten Kellner bestellt hatte.
Damals vor elf Jahren hatte ich mit Edouard nur herumexperimentieren wollen – ohne jegliche Verpflichtungen. Vor allem seine aristokratische, männliche, eigenwillige und leicht schiefe Nase hatte es mir angetan, inmitten dieses schmalen, harmonischen und ausnehmend sympathi-

schen Gesichts, das eine unbändige Energie ausstrahlte. Nun – hier in der Bar – fühlte ich jedoch plötzlich nur noch den innigen Wunsch, mich möglichst schnell und unauffällig in Luft auflösen zu können.
Als er näher kam, erkannte ich seinen eleganten Gang, sein zuversichtliches Lächeln wieder. Seine Gestalt war irgendwie noch immer unscharf, doch ich sah sein nach wie vor kantiges Gesicht, das in ein spitzes Kinn auslief, die hohen Wangen und das perfekte Oval seines Gesichts, das wie von Meisterhand gezeichnet schien. Er war noch immer eher klein, die charismatische Ausstrahlung seines Gesichts ungebrochen. In jener Nacht damals im Zelt hätte ich die Umrisse seiner Gestalt über mir blind nachzeichnen können, doch diese Erinnerung war mit der Zeit verblasst. Nun hatte ich sie plötzlich wieder vor Augen, als wäre all das erst gestern gewesen. Alles war wieder da. Noch immer zierten dieselben Sommersprossen sein Gesicht, wenngleich mittlerweile etwas dunkler. Also wurden auch Sommersprossen älter. Die rebellischen Strähnen schienen jedoch gezähmt und schmiegten sich ergeben an das übrige Haar, das insgesamt nun weicher erschien.
Das Bild wurde schärfer. Doch je näher er mir kam, umso mehr überkam mich das Gefühl, dass irgendetwas nicht so war, wie es sein sollte. Tatsächlich fehlte genau das, weswegen ich mich damals überhaupt in ihn verliebt hatte. Es fehlte das, was seinem Gesicht Leben verliehen hatte, sein Markenzeichen, das, was ihn einzigartig gemacht hatte: seine markante Nase.
»Ach, ich täusche mich bestimmt«, versuchte ich mich vom Gegenteil zu überzeugen, als uns nur noch ein Meter voneinander trennte.

Doch zu meinem Leidwesen täuschte ich mich nicht. Als ich ihn ansah, fehlten mir die Worte. Das war nicht mehr derselbe, das war nicht mehr »mein« Edouard. Offensichtlich stand mir meine Enttäuschung in Großbuchstaben ins Gesicht geschrieben.
»Wie du siehst, habe ich es endlich durchgezogen«, beeilte er sich zu sagen.
Das war mehr als deutlich und tatsächlich das Einzige, was ich an diesem Abend nicht in Zweifel zog.
»Du erinnerst dich bestimmt daran, wie sehr sie mich schon immer gestört hat.« Er dachte anscheinend, er wäre mir irgendeine Erklärung schuldig. »Da ich sowieso ständig mit verschiedensten Ärzten zusammenarbeite, war es ein Leichtes, den passenden Spezialisten dafür zu finden.«
Edouard sprach weiter, um mir die in meinen Augen unverzeihliche Veränderung zu erklären. Ich war noch halb gefangen in meinen pubertären Erinnerungen, während ich ihm zuhörte. Mein anschließendes Schweigen stand mehr als nur unangenehm zwischen uns. Es bohrte sich mitten in sein Herz, wo es sich drehte und wendete wie ein scharfes Messer und das Fleisch mit raschen und sicheren Schnitten durchtrennte. Vor meinem geistigen Auge sah ich, wie Edouard in zwei Teile gespalten wurde, und Blut spritzte aus seiner weißen Haut auf die nichts sagenden Bilder an den Wänden der Bar.
»Ich dachte nie, dass du es wirklich ernst meinst«, sagte ich schließlich nach einer langen, stillen Pause, in der unsere nasalen Atemgeräusche sogar das Rauschen der Klimaanlage übertönten.
Meine Worte plumpsten auf Edouards zerstückelten Körper herab wie die Erde in ein Grab.

»Du scheinst enttäuscht zu sein«, meinte er ernst.
»Aber nein! Ich freue mich sehr, dich zu sehen!«, behauptete ich, um so schnell wie möglich vom Thema »Nase« wegzukommen.
Edouard hingegen schien es noch weiter vertiefen zu wollen, insbesondere, was meine persönliche Meinung dazu betraf.
»Du willst mir doch nicht wirklich sagen, dass es vorher besser ausgesehen hat!« Eifrig zeigte er mir sein Profil, damit ich den perfekten Schwung des Knorpels besser bewundern konnte.
»Na ja, zweifelsohne ist es das perfekte ›griechische Profil‹«, versuchte ich ihn zu beruhigen. »Wenn es das war, was du wolltest, dann ist es auf jeden Fall gelungen. Meinen Glückwunsch an den Chirurgen!«
Doch ich konnte noch nie besonders gut lügen. Der Ton meiner Stimme verrät mich jedes Mal.
Die Person, die mir gegenübersaß, war mir völlig fremd. Doch wie hätte ich ihm das sagen sollen? Ich hatte schon immer Schwierigkeiten damit, Leute zu verletzen, auch wenn dies bedeutete, dass ich die eine oder andere Lüge erzählen musste. Um ihn abzulenken, schlug ich ihm deshalb vor, etwas zu trinken zu bestellen.
»Nein danke. Der Empfang im großen Saal hat bereits begonnen. Also – wollen wir?« Dabei streichelte er zart über meinen Arm.
Edouard war um Körperkontakt zu mir bemüht. Ich vermute, er wollte mir damit zeigen, dass zwar seine Nase nun nicht mehr dieselbe war wie früher, seine Finger jedoch nichts von ihrer einstigen Geschicklichkeit eingebüßt hatten. Seine gekonnten Liebkosungen am unteren

Ende meiner Wirbelsäule hatten mich schon damals vor Lust beinahe um den Verstand gebracht.
»Einverstanden.« Ich leerte mein Glas in einem Zug, froh über die Aussicht, unter Leute zu kommen, die mich endlich von seiner verdammten Nase ablenken würden. Das blöde Ding würde mir vermutlich noch den Schlaf rauben. »Los, gehen wir.«
Der Saal war tatsächlich groß: In jeder Ecke standen Tische mit unzähligen Tabletts, auf denen sich die berühmten Kanapees türmten. Daneben standen Gläser mit Champagner, die auf wundersame Weise nie leer zu werden schienen, ordentlich in Reih und Glied. Die Stühle waren entfernt worden, und in der Mitte des Saales standen an die sechzig Personen, die jeweils mit einem Glas in der Hand über medizinische Fachthemen diskutierten.
Edouard schien hier jeden zu kennen, und während bei einigen ein kurzes Kopfnicken als Gruß genügte, wurden andere mit einem festen Händedruck begrüßt.
Ich arbeitete mich bis zu den Kanapees vor und schnappte mir ein Glas mit Champagner. Während ich so dastand und trank, sah ich meine Träume von Edouard und mir ebenso deutlich zerplatzen wie die Blubberblasen des Champagners, die in meinem Glas an die Oberfläche stiegen. Doch ich war noch immer gewillt, ihm noch eine Chance zu geben. Möglicherweise gelang es ihm – oder besser gesagt, dem »besten Stück« zwischen seinen Beinen –, in mir noch einmal dieselben Gefühle hervorzurufen wie damals, als ich fünfzehn war. Gefühle, an die ich mich nur zu gut noch erinnern konnte …
Ich folgte ihm zu den Toiletten. Dazu entschlossen hatte ich mich, als er mich ansah und dabei mit seinem kleinen,

spitzen Kinn in Richtung des WC-Hinweisschildes deutete. Ja, ich folgte ihm – und auf dem Weg leerte ich schnell mein zweites Glas Champagner.
Edouard suchte also erneut diese spezielle Art der »Begegnung« und ich sah keinen Grund, hier die Spielverderberin zu sein. Ich warf einen unauffälligen Blick in Richtung der Leute, mit denen wir noch kurz zuvor Smalltalk geführt hatten, um sicherzugehen, dass unser gewagtes »Zwischenspiel« unentdeckt blieb.
Edouard stieß die Tür zur Herrentoilette auf, versicherte sich mit einem Blick, dass sie leer war, und winkte mich herein.
In meinem Kopf dröhnte plötzlich ein kategorisches lautes »Nein«, und ich war mir nicht einmal sicher, ob ich es nicht sogar laut ausgesprochen hatte.
Doch wenn ich auf dieses »Nein« gehört hätte, hätte ich meiner gesamten Jugendzeit den Rücken gekehrt. Vergangenes gehört exorziert und darf nicht verleugnet werden. So war ich nun also hier mit Edouard auf der Toilette und ließ den Dingen ihren Lauf.
Er klappte den Toilettendeckel herunter und setzte sich. Danach forderte er mich dazu auf, als sein persönlicher Jockey tätig zu werden und ihn zu reiten und zu zähmen wie ein wildes Pferd. Während er mir die Bluse aufriss, flüsterte er mir ununterbrochen Worte ins Ohr, die mich dazu bringen sollten, seinem Rhythmus zu folgen. Doch während die Bewegungen seiner Hände fahrig und unkontrolliert waren, bewegte ich mich langsam und bedächtig.
Ich konnte ihm nicht ins Gesicht sehen. Es ging einfach nicht. Deswegen schloss ich die Augen, damit sie sich

nicht wie Blutegel an der Mitte seines Gesichts festsaugen konnten. Das funktionierte, und mein Körper begann nun wie von selbst in seiner eigenen Sprache zu kommunizieren. Im Dunkeln fühlte und sprach mein Körper am besten. Mein Geist benötigte keinerlei Bilder oder äußere Eindrücke, um in erotische Schwingungen zu geraten. Edouards Nase existierte nicht mehr. Ich löschte sie lautlos aus, indem ich meine Lider senkte.
»Ich werde nie genug kriegen können«, dachte ich und erhob mich. Durch den Schweiß, der sich auf meinen Beinen gebildet hatte, klebte meine Haut an seiner. Das feste Reiben meiner Schenkel hatte seine Haut heftig gerötet und ich hatte plötzlich das Bild von Rindern vor Augen, deren Brandzeichen in glühendem Rot leuchteten.
Stehend, die Hände auf den Wandfliesen abgestützt, öffnete ich leicht meine Beine, während seine Hände grob über meinen Körper wanderten, um auf meinen Hüftknochen endlich zur Ruhe zu kommen. Ich beeilte mich zu kommen, da ich nicht länger mein sich in den Fliesen spiegelndes Bild vor Augen haben wollte. Ich strengte mich an, damit auch er endlich kam, denn ich möchte den Männern, mit denen ich es treibe, Vergnügen schenken, selbst wenn ich selbst nicht ganz bei der Sache bin. Und gegen mein beständiges sexuelles Verlangen bin ich ohnehin machtlos.
Die weichen Bewegungen seines Beckens zwangen mich dazu, die Augen zu öffnen, und ich kam mir vor wie eine jener Puppen, die keine beweglichen Augen haben und deren Wimpern an feinst gearbeitete Lider angenäht sind. Ich war nun gezwungen zu *sehen*, zu *erkennen*. Sein Gesicht war direkt vor mir und sein Mund weit geöffnet.

Ich hielt ihm mit einer Hand den Mund zu, so fest, dass er beinahe erstickte. Es schien ihm zu gefallen, denn kurz darauf spürte ich seinen Orgasmus. Damals lernte ich, dass das Fehlen von Sauerstoff tatsächlich als angenehm empfunden werden kann, zumindest erklärt dies auch, warum Gehängte im Moment ihres Todes häufig eine Erektion haben.

Vor den erstaunten Blicken der Leute, die gerade an der Rezeption eincheckten, verließ ich fluchtartig das Hotel. Er folgte mir nicht. Ich rannte wie eine Irre, und erst in einigen Metern Entfernung verlangsamte ich meine Schritte, um wieder besser atmen zu können. Immer wieder warf ich einen Blick über meine Schulter, um zu sehen, ob Edouard mir nicht doch noch hinterher kam.

Ich gebe zu, dass mein Verhalten Edouard gegenüber nicht besonders korrekt war. Ihn einfach dort auf der Herrentoilette sitzen zu lassen, ohne Abschied, war alles andere als in Ordnung, doch ich hatte nicht nur ihn ein für alle Mal dort hinter mir gelassen …

Pipo

Pipo war in Frankreich geboren, seine algerischen Eltern stammten jedoch aus Sidi Bel Abbés im Süden von Oran, das bis 1962 Hauptgarnison der französischen Fremdenlegion gewesen war. Pipo war eher klein, jedoch von stämmigem Körperbau, der jedem Möbelpacker zur Ehre gereicht hätte, und sehr eitel. Nie verließ er seine Wohnung, ohne sich in eine exotische Duftwolke seines ewig gleichen Parfums – eine Mischung aus Vanille und Zimt – zu hüllen, und auch sein glänzendes Haar war stets tadellos gestylt.
Er lebte allein in einer Dreizimmerwohnung in einem nicht gerade ruhigen Viertel im Nordosten von Paris und arbeitete tagsüber als Taxifahrer. Sein Leben bestand darin, den ganzen Tag Leute von einem Ort zum anderen zu kutschieren. In der Nacht jedoch verschmolz er mit jenem lasterhaften Paris, das nur wenige kannten.
Pipo war ebenso wie ich ein Einzelgänger. Meine Einsamkeit lastete tonnenschwer auf mir und ich ertrug sie nur schwer. Indem ich vieles mit Pipo teilte, gelang es mir – zumindest oberflächlich –, die Einsamkeit zu durchbrechen, die wir beide schon viel zu lange mit uns herumtrugen. Die Wahrheit ist jedoch, dass das Zusammentreffen zweier einsamer Seelen das Gefühl des Alleinseins noch verstärkt, da man stets nur das eigene Spiegelbild in dem anderen vor Augen hat.
Als wir anfingen, zusammen loszuziehen und durch die

nächtlichen Straßen von Paris zu streifen wie körperlose Seelen, gefangen zwischen Leben und Tod, begaben wir uns auf einen steinigen Weg – doch wir waren uns dessen nicht bewusst …

Es begann leicht zu regnen, wie häufig im Sommer, und ich winkte verzweifelt nach einem Taxi. Ich wollte das Hotel und das ganze Viertel so schnell wie möglich hinter mir lassen.
Schließlich hielt mit einer Vollbremsung ein Mercedes vor mir an. Und da sah ich ihn zum ersten Mal. Mit wutverzerrtem Gesicht stieg er aus dem Wagen, bereit, mit demjenigen, der sich ihm da so einfach in den Weg gestellt hatte, kurzen Prozess zu machen. Gleichzeitig konnte er sich offenbar nur mühsam beherrschen, nicht auch noch sämtlichen Passanten ins Gesicht zu springen, die bei seinem lautstarken Bremsmanöver neugierig stehen geblieben waren.
Der Hass auf seinem Gesicht war erschreckend. Er trug relativ knapp sitzende Jeans, schwarze Mokassins und ein weißes Hemd. Um seinen Hals hing eine Schnur aus Leder, an der ein vierblättriges Kleeblatt baumelte. Sein Haar war sehr kurz geschnitten und seine gebräunte Haut schimmerte goldfarben. Das helle Grün seiner Augen war derart hypnotisierend, dass mein Blick sofort davon gefangen wurde, als er mich das erste Mal direkt ansah. Ich senkte irritiert meine Lider, um stattdessen das Kleeblatt an seinem Hals erneut zu betrachten.
»Wow, ein vierblättriges Kleeblatt!«, rief ich voller Begeisterung.
Völlig verwirrt starrte er mich an.

»Welcher verdammte Idiot stellt sich mitten auf die Straße, um ein Taxi anzuhalten? Sind Sie denn völlig verrückt geworden?«
»Entschuldigen Sie bitte, es tut mir Leid! Sehen Sie, ich lebe in Spanien und dort ist es üblich, die Taxis mitten ...«
»Und, sind wir hier in Spanien, oder was?«, unterbrach er mich. »Zu deiner Information: Wir sind hier in Paris und hier halten die Taxis nur an den entsprechenden Standplätzen an, klar?«
Er bemühte sich, den authentischen Pariser Tonfall anzunehmen, um cool zu wirken, doch die temperamentvolle Sprachmelodie seiner südlichen Wurzeln ließ sich nicht verleugnen. Ich selbst hingegen hatte nun schon so viele Jahre im Ausland verbracht, dass ich mich bemühte, ein reines, unverfälschtes Französisch ohne regionale Färbung zu sprechen.
»Nun, es tut mir wirklich Leid!«, wiederholte ich noch einmal und fügte hinzu: »Also, was muss ich jetzt tun, um ein Taxi zu kriegen? Zu welchem Standplatz muss ich gehen?«
Ich hatte es nicht mehr wirklich erwartet, doch er schnauzte mich an: »Na los, steig schon ein!«
Er öffnete mir die hintere Tür, doch nach kurzem Zögern entschloss ich mich dazu, mich neben ihn auf den vorderen Beifahrersitz zu setzen.
»Du wirst mir doch nicht wehtun, nicht wahr?«, fragte ich ihn, als er den Wagen startete.
Ich hatte plötzlich die Bilder dieses blöden Films von gestern Nacht wieder vor Augen, in dem ein Taxifahrer eine junge Frau auf dem Parkplatz killte.

»Wie kommst du denn auf diesen Blödsinn? Ich bin ein in Frankreich geborener Algerier – und kein Serienmörder.«
Als ob das eine das andere ausschließen würde.
Er sah mich mehrmals an. Seine Augen sprühten regelrecht Funken vor Wut und ich fühlte mich seltsam.
»Nun – wohin soll ich dich bringen?«
»Wie heißt du?«
»Ich heiße Pipo. Aber sag mir lieber, wo ich dich abliefern soll. Ich habe nicht die ganze Nacht Zeit.«
»Arbeitest du in der Nacht?«
»Eben nicht. Ich arbeite tagsüber und mein Tag ist vorbei, sobald ich dich abgeliefert habe – also?«
»Bring mich zur Place Blanche.«
»Scheiße, was willst du denn in dem Viertel? Ist etwas laut in der Nacht, oder?«
Er legte eine Freddie-Mercury-Kassette ein und begann den laufenden Song mitzusingen.
»Ich bin da nur noch einige Tage. Danach ziehe ich zu einer Freundin.«
»Und was machst du hier? Bist du auf Arbeitssuche oder so?«
»Nein. Ich lebe in Barcelona und bin hierher gekommen, um einen Japanischkurs zu besuchen. Nach einem Monat fahre ich wieder zurück nach Spanien.«
»Verdammt, ausgerechnet eine Intellektuelle hat sich zu mir ins Taxi verirrt. Das hat mir gerade noch gefehlt!«
»Hey, ich bin keine Intellektuelle. Ich studiere nur Japanisch.«
»Und du kommst also aus Spanien«, begann er sich für mich zu interessieren. »Vor einigen Jahren war ich mit ein paar Freunden auf Ibiza. Ich kann dir sagen, wir haben

da einige fantastische Feten organisiert. Warst du schon mal da?«
»Ja, klar. Kennst du außer Ibiza noch was anderes in Spanien?«
»Nein, sonst habe ich dort noch nichts gesehen. Mich interessiert eigentlich nur Ibiza, dort ist echt die Hölle los.«
»Wie heißt du eigentlich wirklich?«
Er hielt an einer roten Ampel an und sah mich an.
»Was hast du bloß mit meinem Namen?«
»Dein Name ist kein echter Name. Es ist ein Spitzname, oder?«
»Ich heiße Pipo. Und Punkt.«
»Ein Algerier, der Pipo heißt? Eher selten, meinst du nicht?«
»Wie kommt man bloß auf die Idee, Japanisch zu studieren?«, lenkte er vom Thema ab. Allem Anschein nach hatten ihm meine Fragen nach seinem Namen nicht sonderlich zugesagt.
Er ließ mich bei meiner Pension aussteigen, die sich genau gegenüber des La Loco befand, einer der angesagtesten Diskotheken von ganz Paris. Ich bezahlte ihm die entsprechende Summe für die Fahrt, und als ich ihm gerade fürs Herbringen danken wollte, drückte er mir eine Karte in die Hand.
»Wenn du einmal Lust hast, um die Häuser zu ziehen – ich kenne die Stadt wie kein Zweiter. Ruf mich an. Ab neun Uhr abends könnte ich zur Verfügung stehen.«
Leicht misstrauisch nahm ich die Karte entgegen und steckte sie in meine Tasche. Ich verstand nicht, warum um alles in der Welt er plötzlich so freundlich zu mir war.

Wie ein gestrandeter Flüchtling stand ich vor der Rezeption meiner bescheidenen Unterkunft. Ich wusste nicht genau, was ich nun machen sollte, nachdem ich Edouard gemeinsam mit meiner Vergangenheit auf der Herrentoilette im Sheraton zurückgelassen hatte. Hierher gekommen war ich in einem Taxi, das mich durch die halbe Stadt kutschiert hatte, ohne dass ich es richtig bemerkt hätte. Es war, als ob ich Hilfe gesucht hätte, ein Zuhause. Vielleicht auch nur ein wenig frische Luft oder einen klaren Blick. Auf der Suche nach irgendjemandem, um mich selbst wiederzufinden.

Yamal war halb eingeschlafen. Als er mich sah, richtete er sich mit einem Ruck auf und nahm Haltung an wie ein Soldat. Er räusperte sich und versuchte so zu wirken, als wäre er total beschäftigt und in seiner Arbeit versunken. Ich warf ihm einen Blick zu und hatte irgendwie das Gefühl, dass er gerne mit mir gesprochen hätte, nachdem bislang nur ich diejenige gewesen war, die mühsam mit ihm ein Gespräch beginnen wollte.

Pariser Nächte öffneten jedermanns Herz.

Auf der Treppe drehte ich mich zu ihm um und sagte sehr ernst: »Ich habe gerade jemanden umgebracht. Also sehen Sie mich nicht so an!« Sein Gesichtsausdruck blieb völlig unbewegt, nur ein kleines Stirnrunzeln ließ seine Verwirrung erahnen. Ich war total niedergeschlagen. Natürlich hatte ich nicht wirklich jemanden auf dem Gewissen. Ich hatte nur gerade für immer jenes fünfzehnjährige Mädchen zum Schweigen gebracht, das noch immer in mir geschlummert hatte.

Der schwarze Fleck

In meinem Zimmer angekommen, schob ich die Vorhänge beiseite, um Pipo mit seinem Wagen noch wegfahren zu sehen, doch ich kam zu spät. Ich ließ mich auf mein Bett fallen, schnappte mir mein Buch von Yukio Mishima und begann zu lesen.

Da es mir schwer fiel mich zu konzentrieren, klappte ich das Buch wieder zu und stellte mich erneut ans Fenster. Und da war er wieder, der »schwarze Fleck« gegenüber. Die Nacht war heute klarer und so konnte ich bei genauerem Hinsehen nun die Silhouette eines Mannes mit gemustertem Hemd ausmachen. Auf der Straße war es deutlich ruhiger als gestern, und ich hielt meinen Blick fest auf den Mann gerichtet, der – wie mir schien – mich plötzlich auch entdeckt hatte.

Bevor ich michs versah, war der Schatten verschwunden, doch nach einigen Minuten kehrte er mit einem Stuhl in der Hand zurück, den er seltsamerweise vor dem Fenster platzierte. Was nun folgte, hatte ich wirklich nicht erwartet: Der Typ setzte sich auf den Stuhl, öffnete eine Flasche, die er in der Hand gehalten hatte, und schüttete die Flüssigkeit auf einige Wattepads oder Verbandsstreifen. Anschließend entledigte er sich seiner Hose, holte sein »Ding« heraus und begann sich mit den – allem Anschein nach mit Jod getränkten – Pads einen runterzuholen.

Ich konnte kaum glauben, was ich da sah. Die Frage, ob

er mich denn nun wirklich entdeckt hatte oder nicht, hatte sich somit erübrigt.
Nach einigen Minuten erschauerte der Mann, seine Beine verkrampften ein wenig und die Schultern fielen nach hinten.
Seine Zuckungen kamen quer über die Straße zu mir, und ich merkte plötzlich, dass ich erregt war. Mein Atem ging stockend und meine Muskeln zogen sich fordernd zusammen. Während ich mich selbst zwischen den Beinen berührte, liefen sämtliche Bilder dieser Nacht wie ein Film in meinem Kopf ab: ein Zelt auf einer Wiese, die Herrentoilette eines Luxushotels, grüne Augen im Rückspiegel eines Taxis, ein Araber mit bohrendem Blick an der Rezeption einer Pension, ein schwarzer Fleck, der sich als Mann entpuppte, der sich seiner Lust hingab, wohl wissend, dass ich ihn dabei beobachtete …
Das Zucken meiner Glieder erfüllte den Raum und breitete sich über die Straße hinweg aus – in Richtung des ursprünglichen Absenders …

Das Date

Am folgenden Tag kam ich die Treppen herunter, um vor meiner ersten Japanisch-Vorlesung zu frühstücken. Als Outfit hatte ich entsprechend meiner Stimmung schwarze Klamotten gewählt, doch nun wurde mir der seltsame Widerspruch bewusst, denn im Land der aufgehenden Sonne trägt man bei Trauerfeierlichkeiten Weiß.

»Sag mal – das hast du gestern doch nicht wirklich ernst gemeint, oder?«, fragte mich Yamal, als er mich sah.

Ich wusste nicht, was er meinte. Was war denn gestern?

»Du hast doch nicht wirklich jemanden gekillt, oder?«

Ohne meine Zustimmung verwendete er plötzlich das vertrauliche Du, als wären wir durch eine heimliche Komplizenschaft miteinander verbunden. Ich tat es ihm nach.

»Das war ein Witz, Yamal. Ich habe gestern nur ein wenig zu viel getrunken. Mach dir keine Sorgen.«

Er sah mich misstrauisch an.

»Ein Witz? Na, wenn du es sagst … Du weißt schon, dass du etwas seltsam rüberkommst, oder?«

Nach einem Abschiedsgruß in meine Richtung überließ er die Rezeption für den Tagdienst einem hübschen Mädchen, das etwas fahrig und schüchtern wirkte.

Schnell trank ich meinen Milchkaffee und verließ mit einer Zigarette in der Hand das Hotel. Ich war schon ziemlich spät dran für meine Vorlesung.

Als ich am Abend wieder in die Pension zurückkam, drückte mir das hübsche Mädchen an der Rezeption ein

gefaltetes Blatt Papier in die Hand. Es war eine Nachricht.
»Heute Nachmittag hat ein Herr namens Pipo angerufen. Er meinte, dass er es später noch einmal probieren würde. Es war nicht einfach herauszufinden, mit wem er denn eigentlich sprechen wollte, da er Ihren Namen nicht wusste. Doch aufgrund seiner Beschreibung bin ich schließlich draufgekommen.«
Offensichtlich war sie sehr stolz auf ihre berufliche Kompetenz.
Ich wartete nicht erst darauf, dass Pipo sich wieder bei mir meldete. Ich suchte seine Karte und wählte die Nummer.
»Hi, ich bin's. Die japanischbegeisterte Intellektuelle.«
»Hey, ich habe heute Nachmittag schon einmal angerufen, doch da du mir deinen Namen verschwiegen hast, blieb mir nichts anderes übrig, als dich aus meinem Gedächtnis heraus zu beschreiben.«
»Du hast mich ja nicht danach gefragt. Ich heiße Valérie, meine Freunde nennen mich Val.«
Wir verabredeten uns für halb neun vor der Pension, um in einer kleinen Bar, die Freunden von ihm gehörte, etwas trinken zu gehen. Pipo kam pünktlich und gemeinsam gingen wir ins Chez Jojo, eine Bar, die er bereits seit Jahren besuchte. Nach der Arbeit kam er immer hierher, um vor dem Essen noch etwas zu trinken.
Auch an diesem Abend machte Pipo nicht unbedingt einen freundlichen Eindruck auf mich. Er hatte noch immer denselben traurigen Ausdruck im Gesicht, als ob ihm jemand eine dieser Karnevalsmasken aus Venedig übergestülpt hätte. Als ich ihn fragte, warum er mich denn

angerufen hatte und warum er mich wiedersehen wollte, erhielt ich keine befriedigende Antwort. Ständig wich er mir aus, als gefalle es ihm, Spielchen zu treiben. Vielleicht war es aber auch, weil er etwas zu verbergen hatte. Ich ahnte damals noch nicht, wie Recht ich mit dieser Vermutung haben sollte …

Obwohl er sich auch später nie dazu äußerte, denke ich, dass er sich dazu entschloss, mich auf seine Streifzüge durch ganz Paris mitzunehmen, weil ich ihm von meiner inneren Unruhe erzählte und davon, dass es nahezu nichts mehr auf dieser Welt gab, was mich noch überraschen konnte. Ich erzählte ihm auch, dass ich das Gefühl vermisste, überrascht zu werden, und Pipo schien dies als persönliche Herausforderung zu verstehen.

Ich war wirklich lange Zeit davon überzeugt, dass dies der Grund war, warum er sich so verhielt, wie er es eben tat, und möglicherweise war es ja für den Bruchteil einer Sekunde auch tatsächlich so. Doch die wahren Gründe dafür, warum er mich auf seine nächtlichen Streifzüge mitnahm, lagen ganz woanders.

In jener Nacht im Chez Jojo redete ich kaum ein Wort. Er hingegen erzählte mir lang und breit alles über seine Exfreundin Isabelle.

Die beiden hatten sich auf banalste Weise kennen gelernt, als Pipo mit ein paar Freunden loszog, um ein wenig Spaß zu haben und Mädchen aufzureißen. Isabelle war mit zwei Freundinnen unterwegs und eigentlich hätte sie nicht mehr werden sollen als eine weitere von Pipos Eroberungen in jener Nacht.

»Möchtest du tanzen?«
»Nein.«
In diesem Moment sah Isabelle jedoch ihre zwei Freundinnen mit Pipos Kumpels losziehen und änderte ihre Meinung.
»Ich meine ... ich wollte sagen, warum nicht?«
Pipo ging sofort auf Tuchfühlung und Isabelle konnte den Vanille- und Zimtduft seines Parfums riechen. Er hielt sie am Gürtel fest und verschob dabei ungewollt ihren Rock, sodass der Gummizug ihrer Baumwollunterhose hervorschaute. Mit einem Finger strich Pipo sanft darüber. Sein schneller gehender Atem in Isabelles Ohr schien die beabsichtigte Wirkung zu haben. Als das Lied zu Ende war, tanzten die beiden unbeirrt weiter, umnebelt von weißem Rauch, den ein unsensibler Discjockey als Ankündigung des folgenden, schnelleren Stücks auf die Tanzfläche geblasen hatte.
»Möchtest du was trinken?«
»Warum nicht?«
Isabelle eilte zu ihren beiden Freundinnen, die in kindisches Gelächter ausbrachen, während Pipo mittels Ellbogentechnik alle jene Typen an der Bar beiseite drängte, die frauentechnisch gesehen heute Abend weniger Glück hatten als er und sich deswegen an die Theke zurückgezogen hatten.
»Kann ich dich wiedersehen?«
»Warum nicht?«
Sie unterhielten sich ein wenig, während seine beiden Freunde die zwei anderen Mädchen nach allen Regeln der Kunst befummelten. Pipo hielt sich jedoch zurück, zumal er damals noch erheblich schüchterner war. In

jener Nacht verhielt er sich sogar ausgesprochen zuvorkommend, denn Isabelle gefiel ihm wirklich sehr. Zudem redete sie nicht besonders viel. Sie war einfach perfekt.
Als die Nacht sich dem Ende zuneigte, brachte Pipo Isabelles Freundinnen nach Hause, um Eindruck zu schinden. Mit dem Queen-Song »We are the champions« als Hintergrundmusik chauffierte er zuletzt auch Isabelle zu ihrer Wohnung.
»Darf ich dir einen Kuss geben?«, fragte er.
»Warum nicht?«
Danach startete er seinen Wagen, ließ den Motor triumphierend aufheulen und Isabelle blieb mit dem Geschmack seiner Lippen auf ihrem Mund zurück.
Dies alles war nun fünf Jahre her.
Anfangs lebte jeder der beiden weiterhin in der eigenen Wohnung. Sie in einer Wohnung in Evry, außerhalb von Paris, mit einem schrecklichen Yorkshire-Terrier, der jedes Mal unaufhörlich bellte, wenn der Nachbar wieder einmal betrunken nach Hause wankte. Und er in seiner jetzigen Wohnung. Die beiden fühlten sich nichtsdestotrotz stark zueinander hingezogen, und Pipo war sogar bereit, sich mit dem schrecklichen Yorkshire abzufinden, nur um bei ihr zu sein.
»Und wie ging es weiter mit ihr? Was ist aus ihr geworden?«, fragte ich ganz gefangen von der Story.
»Das erzähl ich dir ein anderes Mal.«

Ich wollte ganz Paris sehen. Bislang hatte ich noch nie die Gelegenheit gehabt, mich so lange in dieser faszinierenden Stadt aufzuhalten.
Ich wollte die Namen aller Menschen wissen, die mir auf

der Straße oder in der Metro begegneten. Ich versuchte, anhand der Gesichter die Namen zu erraten und die Berufe, die dazu passten.
Deswegen sagte ich auch zu, als Pipo mich erneut anrief und mich fragte, ob ich wieder mit ihm ausgehen wolle. Seltsamerweise war er der Einzige, dem ich bislang noch keinen Namen gegeben hatte. Möglicherweise hätte ich ja damit völlig falsch gelegen. In meinen Augen sah Pipo aus wie ein perfekter Fahrid aus, sagen wir, Albanien.
»Also ehrlich, verdammt. Wie kommst du nur darauf, Japanisch zu studieren? Solange du dich nicht entschließt, als Geisha zu arbeiten, wirst du doch nie etwas damit anfangen können.«
»Was mich an der japanischen Philosophie unter anderem besonders fasziniert, ist die Kunst des Harakiri. Du siehst zwar aus wie ein Fighter, doch du hättest bestimmt nicht den Mumm, dir auf diese Weise das Leben zu nehmen. Oder täusche ich mich?«
»Und du – was weißt du schon! Es wird sich schon noch herausstellen, ob du wirklich so viel Mut hast, wie du vorgibst.«
Pipo gefiel mir. Mit ihm fühlte ich mich wohl in der dummen Rolle des passiven Weibchens, das nur darauf wartete, von einem ganzen Mann gepackt und dominiert zu werden. Mein ewiges Gerede von der Gleichheit der Geschlechter war nun nicht mehr als heiße Luft, ebenso wie mein Bild von mir selbst als kompetente Frau, die sich in allen Lagen des Lebens zu helfen wusste.
Als Pipo an einer Ampel hielt, beobachtete er amüsiert einen Mann, der torkelnd die Straße überquerte. Offensichtlich hatte der Gute viel zu tief ins Glas geschaut,

denn er schwankte gefährlich von einer Seite zur anderen. Plötzlich meinte Pipo: »Sieh dir den an! Der heißt bestimmt Georges. Wahrscheinlich arbeitet er von acht bis sechs in einem Postamt, ist ledig und langweilt sich mit seinem Leben zu Tode. Alle Beamten führen ein sinnloses Leben. Deswegen betrinken sie sich auch, sobald sie aus der Arbeit kommen. Ein wenig wie deine Japaner.«

Meine Japaner? Ich verstand nicht recht, was er damit sagen wollte. In der Dunkelheit der Nacht und im Licht, das von der Straße kam, schienen seine Lippen dunkelviolett bis bläulich, und die Lust, diese kalten Lippen zu küssen, brachte mich beinahe um den Verstand.

»Hey, du gibst Unbekannten irgendwelche Namen?«, fragte ich verblüfft.

Er gab mir keine Antwort.

»Das mach ich auch! Unglaublich, nicht? Vor allem in der Metro, im Zug oder wenn ich einfach nichts Besseres zu tun habe, denke ich mir Namen zu Gesichtern aus. Das hab ich schon als kleines Mädchen immer gemacht.«

Noch immer antwortete er mir nicht. Stattdessen fuhr er los, als es grün wurde, und lenkte den Wagen ein wenig zur Seite, um »Georges« nicht zu überfahren, der noch immer vor sich hin taumelte, plötzlich die Arme in die Höhe riss und uns wüst beschimpfte. Pipo schaltete direkt in den dritten Gang und seine Lippen hatten nun wieder den Farbton eines Lebenden angenommen.

Es begann zu regnen. Ich drückte meine Nase gegen die Fensterscheibe und betrachtete durch die Wassertropfen das diffuse Licht der Straßenlaternen. Nur die Scheibenwischer waren zu hören, und die Regelmäßigkeit dieses Geräuschs erinnerte an das Rattern eines Zuges.

»Wo sind wir gerade?«
»In der Nähe von Pont Neuf«, antwortete er mir.
Da musste ich an die Schauspielerin Juliette Binoche denken, die in *Die Liebenden von Pont Neuf* neben Denis Lavant zu sehen war. Juliette Binoche gefiel mir sehr. Ich hatte alle ihre Filme gesehen. Die Trilogie von Krzysztof Kieslowski hatte mich sehr beeindruckt, vor allem der erste Teil mit dem Titel *Blau*, ebenfalls mit Juliette Binoche. Ich hatte mir sogar das Video gekauft.
»Du erinnerst dich doch bestimmt noch, was an den Liebenden von Pont Neuf das Besondere war?«
Pipo dachte einen Augenblick nach und meinte dann: »Sicher doch, sie waren blind.«
»Genau, sie waren blind. Wie ich, hier in dieser Pariser Nacht, und ich nehme alles doppelt so intensiv wahr wie sonst. Oh Pipo, ich möchte nie wieder sehen.«
Ich war nun in einer sehr romantischen und sentimentalen Stimmung, die Pipo offensichtlich nicht besonders behagte. Ich presste meine Nase erneut gegen die Scheibe. Das Glas war feucht und kühl, und dahinter erkannte ich seltsame Schatten, die sich trotz des sintflutartigen Regens geisterhaft in Richtung Pont Neuf bewegten.
»Dort draußen sind sie«, flüsterte ich.
Doch Pipo hatte weder Lust zu sprechen noch zu sehen. Er bog in eine kleine Gasse ein und erklärte mir, dass ihm gerade eine Idee gekommen sei. Er wollte mir einen Ort zeigen, der mich überraschen würde – einen Ort, an dem die Leute nur wenig sprachen und an dem es schwierig sei, sich Namen für die Leute auszudenken, unter anderem deswegen, weil sie keine Gesichter hatten.

»Was erzählst du mir denn da?«
»Du wirst schon sehen.«
»Was soll denn das für ein Ort sein, von dem du da redest?«, fragte ich ihn neugierig, aber auch ein wenig nervös.
Anstelle einer Antwort fragte er mich ernst:
»Möchtest du nun hingehen? Ja oder nein? Sagtest du mir nicht, man könnte dich mit nichts mehr überraschen?«

Gang Bang Connection

Um mich herum hörte ich unzählige murmelnde Stimmen und ich vermochte jedem der einzelnen Gespräche zu folgen. Mein Gehörsinn schien sich massiv verstärkt zu haben, vielleicht, weil alles derart neu für mich war und ich unbedingt alles über diesen Ort wissen wollte. Ich wollte mir alles aneignen, alles verstehen, alles sehen.

»Der Hintern in meinen Händen gefällt mir.«

»Ihrem Stöhnen nach zu urteilen, gefällt er Ihnen sogar sehr, oder?«

»Haben Sie etwa einen anderen Eindruck?«

Ich konnte nicht glauben, dass diese Gespräche und ausgesprochenen Gedanken um mich herum Wirklichkeit waren, doch ich wollte unbedingt ein Teil davon werden.

Pipo schien sich hier wie zu Hause zu fühlen: Am Eingang hatte er keine Sekunde gezögert, sich seiner Kleidung zu entledigen und sich die Augenmaske aufzusetzen, die ihm von einer Art Empfangsdame in einem extrem kurzen, schwarzen Mini überreicht worden war. Dies waren die Regeln: Nicht ein Stück Faden auf der Haut, nichts von der Außenwelt durfte in diese schummrige Höhle gelangen, absolut nichts – bis auf uns selbst, splitterfasernackt, ein Teil des Gesichts von der Maske verdeckt. Ein Erkennen des Gegenübers sollte auf diese Weise unmöglich gemacht werden – obwohl ich ja glaube, man kann sich das Gesicht verhüllen, so viel man will, ein Hintern hat denselben Wiedererkennungswert.

Ich gebe zu, dass ich anfangs Hemmungen hatte, den Reißverschluss meines Rockes zu öffnen und ihn auszuziehen, doch als ich sah, wie wohl Pipo sich hier fühlte, nahm ich meinen ganzen Mut zusammen. Möglicherweise wollte ich damit auch eher ihm einen Gefallen erweisen als mir selbst.
»Sieh dir die mal an. Ihre Schlüsselbeinknochen sind deutlich zu sehen. Das heizt mich mehr an als irgendwelche noch so wohlgeformten Titten.«
Obwohl ich es nicht wollte, fanden die um mich herum gesprochenen Sätze von selbst ihren Weg in meine Ohren.
In der Mitte eines großen Raums stand ein runder Tisch, bedeckt mit einem roten Tuch; darauf befand sich eine große Platte mit Unmengen von Obst, angefangen von Weintrauben, Äpfeln und Birnen bis hin zu verschiedenen tropischen Früchten. Die Leute spazierten langsam durch den Raum und nahmen sich hie und da von den Trauben, um sie genüsslich zu verzehren. Das zarte Fruchtfleisch barg einen wunderbar süßen Saft in sich, der sich am Gaumen weich und rund anfühlte. Ich verfolgte mit den Augen den Weg, den die Trauben nahmen, denn dies war meine Art zu genießen. Das Vergnügen der Leute hier war mir hingegen fremd. Möglicherweise unterschied sich mein Empfinden von süß deutlich von dem Empfinden der hier Anwesenden. Vielleicht war die Säure der Trauben für den Mann hier drüben mit dem kräftigen Brustkorb weniger intensiv als für mich. Möglicherweise brachte die Frau dort drüben mit den Hängebrüsten und der Orangenhaut am Hintern keine Trauben hinunter, weil die Kerne darin zu groß waren für ihre enge Kehle. Nichtsdestotrotz öff-

nete sich ihr schmallippiger Mund ohne zu zögern, als sich ihm ein steif aufgerichteter Penis näherte.

Ich wollte nicht riskieren, auch nur für einen Moment von Pipo getrennt zu werden, und so klammerte ich mich im wahrsten Sinne des Wortes wie eine Klette an ihn.

»Dieser Ort erinnert mich an diese griechischen Orgien, was soll ich sagen …«, flüsterte ich ihm ins Ohr.

»Wie kommst du denn darauf?«

»Na, wegen der Früchte, die hier überall angeboten werden. Das ist ein Privatclub, oder?«

»Ja, du hast Recht.«

»Und wie kommt es, dass du einen Ort wie diesen kennst?«

»Nach zwanzig Jahren Taxifahren gibt es in dieser Stadt nichts mehr, das ich nicht kenne.«

Die Leute starrten mich unverhohlen an. Ich wusste zwar, dass sie »mich« nicht sehen konnten, doch es war deutlich für sie zu erkennen, dass ich neu hier war. Außerdem hatte ich immer darauf geachtet, mein Hinterteil gut in Form zu halten.

»Komm, ich möchte dir etwas zeigen.« Pipo nahm mich an der Hand und führte mich in einen anderen Raum, der am Ende eines breiten Ganges lag. An den Wänden hingen Bilder mit Löchern für »Schaulustige« im besten Kubrick-Stil. Das Zimmer war in seltsam schummriges Licht getaucht und von der Decke hingen unzählige weiße Stoffbahnen herab. Der Eindruck eines Labyrinths drängte sich auf, und man konnte sich nur seinen Weg bahnen, indem man die Stoffwände beiseite schob.

»Ich will die Lust in Ihrem Gesicht sehen … machen Sie die Beine weiter auf …«

Die Stimmen schienen auf etwas hinzuweisen, etwas, das sich hinter diesen Vorhängen abspielte und das alles, das ich bisher kannte, bei weitem übertraf. Pipo hielt meine Hand weiterhin fest, um zu vermeiden, dass wir uns in diesem Gewirr aus Stoffbahnen verloren.
Als Pipo die letzten Vorhänge beiseite schob, sah ich eine Gruppe von Menschen, die gebannt in die Mitte des Zimmers blickten. Ich konnte überhaupt nichts sehen außer jede Menge nackter Hinterteile, Köpfe mit langen oder kurzen Haaren, helle und dunkle Haut, behaarte und unbehaarte Gestalten, gut definierte Muskeln und schlaffes Gewebe, Hände, die zärtlich die Nebenstehenden streichelten, und Arme, die sich um Körper schlangen. Pipo schob sich mit gemurmelten Entschuldigungen durch die gebannte Menge, um mich unmittelbar am Geschehen vorne teilhaben zu lassen.
Ich spürte, wie mehrere Hände über meinen Körper strichen, während wir uns immer weiter nach vorne drängten, und instinktiv versuchte ich so gut es ging, diesem Heer an tastenden Fingern auszuweichen.
Plötzlich spürte ich ein kribbelndes Gefühl im Magen. Meine unstillbare Neugier gewann allmählich die Oberhand und drängte mich, immer weiter voranzugehen. Es gab nun kein Zurück mehr, selbst wenn ich es gewollt hätte. Der Wunsch, alles zu sehen, war übermächtig geworden.
»So geht es hier jeden Freitag ab. Es ist eine Art Ritual«, erklärte mir Pipo flüsternd. Langsam begann ich zu verstehen, was sich da vor meinen Augen abspielte. »Die übrigen Tage bleibt die Tür hier für Publikum verschlossen.«
Vor mir stand ein riesiges, rundes Bett, auf dem eine Frau lag, deren Gesicht zur Gänze von einer Maske verdeckt

war (als Einzige trug sie hier nicht nur die obligatorische Augenmaske). Ein junger, muskulöser Typ drang gerade in sie ein, während er seine Hände unter ihre Pobacken schob und ihr Becken anhob. Hinter ihm warteten mit dem Penis in der Hand ungefähr zehn weitere Kandidaten heftig atmend, aber dennoch geduldig, bis sie an die Reihe kamen. Die Erwartung, als Nächster dranzukommen und diesen durch die schwarze Latexmaske anonymisierten Körper in Besitz zu nehmen, ließ ihre Gesichter vor Erregung glühen.

Die Brustwarzen der Frau waren hart und aufgerichtet. Doch nicht nur das Vergnügen, das ihr der junge, sehnige Typ bescherte, war dafür verantwortlich, sondern auch die Bestätigung, dass die Männer Schlange standen, um sie zu besitzen. Die vielen erigierten Penisse um sie herum befriedigten ihre Phantasie, ein von allen begehrtes Lustobjekt zu sein.

»Na? Wärst du gern an ihrer Stelle?«, flüsterte Pipo mir fragend ins Ohr.

Ich fühlte mich irgendwie seltsam. Tatsächlich fand ich das, was sich hier vor meinen Augen abspielte, äußerst erregend. Mein animalischer Instinkt hatte stillschweigend von mir Besitz ergriffen, so, wie es mir auch immer passierte, wenn ich einen Pornofilm sah. Ich drückte Pipos Hand noch ein wenig fester. Denn eigentlich hatte er mir ja sagen wollen, dass es ihm gefallen hätte, mich an der Stelle dieser Frau, dieses Lustobjekts, zu sehen.

»Ich gehe davon aus, das soll Nein heißen. Also, sieh weiter zu und genieße es – so wie ich.« Pipo sprach, ohne den Blick vom Geschehen zu lösen.

Der junge Mann hatte mittlerweile den Gipfel erreicht

und seinen Platz einem mageren Typen mit schlaffem Bauch überlassen, dessen Bewegungen jedoch sanfter und rhythmischer wirkten als die seines Vorgängers.
Die weißen Laken des Bettes, auf dem sich die Pornoversion der »Schlafenden Schönen« räkelte, waren von Schweiß oder Sperma durchtränkt. Tatsächlich ließ sich zu diesem Zeitpunkt nicht mehr eindeutig sagen, was hier mehr vergossen wurde.
»Das Ganze nennt sich Gang Bang«, meinte Pipo plötzlich, ohne deutlicher zu werden.
»Bitte wie?«
»Ein Gang Bang. Das ist eine Orgie, bei der es mehrere Männer hintereinander einer Frau besorgen. Es gibt in Paris viele Clubs, wo diesem Vergnügen gefrönt wird.«
»Unglaublich, oder? Gang Bang ... Das klingt, als wollten sie alle auf einmal auf sie zielen und abdrücken.«
»Nun, mehr oder weniger tun sie ja auch genau das.« Und er prustete los.
Ich kann nicht leugnen, dass das Ganze mir irgendwie krank vorkam. Mittlerweile fühlte ich mich relativ unwohl, zumal irgendwelche Hände über meinen Körper strichen, meinen Hintern kneteten und meine Brust berührten. Die Hände wuchsen aus dem Nirgendwo, und das Stöhnen, das ich rund um mich vernahm, schien aus den Wänden zu kommen.
Nach einer gewissen Zeit fragte ich Pipo, ob wir nicht gehen könnten. Das Spektakel begann mich zu langweilen.
»Scheiße, ich dachte, es würde dir gefallen!«
»Ja, sicher, es war ganz interessant. Doch es ödet mich zunehmend an. So viele steife Ruten ... Was soll ich sagen? Und vom Geruch wird mir auch langsam schlecht!«

»Na dann ... Übrigens geht das Gerücht, dass hierher auch wichtige Leute kommen, Minister und so.«
»Und das überrascht dich? Denkst du, nur der einfache Mann auf der Straße treibt es so bunt?«
»Nein, ich wollte es dir nur erzählen. Stell dir vor, du würdest hier mit irgendeinem Typen bumsen und danach kommst du darauf, dass es der Gesundheitsminister war. Das bringt mich schon wieder zum Lachen!«
Wir zogen uns zurück, denn mittlerweile richtete unser Gelächter mehr und mehr die allgemeine Aufmerksamkeit auf uns. Als wir endlich wieder draußen und auf dem Weg zurück zum Taxi waren, musste ich mir eingestehen, dass Pipo mir richtig gut gefiel. Er war natürlich und spontan und ich hatte mich selten so wohl gefühlt mit einem Mann. Zudem schien Paris bei Nacht irgendwie friedlicher zu sein als tagsüber, vielleicht weil die Stadt jetzt wirklich uns gehörte. Es herrschte nicht so viel Lärm, alles lief langsamer ab, und die Straße erzitterte nicht wie bei Tag, wenn die Metro unter unseren Füßen vorbeischoss.
Die Nacht stand Paris und seinen Bauwerken gut. Schwarz ist wahrlich für jeden vorteilhaft. Der Eiffelturm war nun kein Gewirr aus rostigen Eisenstangen mehr, sondern erstrahlte in herrlichem Licht. Der Dreck, der auf der Oberfläche der Seine schwamm, war verschwunden, stattdessen bot sich dem Auge des Betrachters eine spiegelnde Fläche. Die Bauwerke der Stadt, die ohne Zweifel bereits bei Tage spektakulär wirkten, erschienen nun wie eine Kulisse aus Tausendundeiner Nacht. Sogar Beaubourg war in der Nacht – zumindest in architektonischer Hinsicht – akzeptabel, während der Gebäudekomplex

der Défense seinen Schatten über die äußeren Viertel der Stadt warf.
Auch der über 200 Meter hohe Turm im Stadtteil Montparnasse erschien bei Nacht weniger prätentiös.
Die Wasserspeier von Notre-Dame hingegen hatten im Zwielicht der Morgendämmerung etwas Teuflisches an sich. Die Phantasie übernahm das Zepter und gaukelte unseren Augen seltsame und beängstigende Bilder vor. Unsere tiefsten Ängste kamen an die Oberfläche und liebliche, steinerne Engel zeigten plötzlich diabolische Fratzen. Die Köpfe der Wasserspeier mit ihren starren Blicken schienen sich auf einmal zu strecken und über einer Stadt zu tanzen, deren Brücken nun wie die Tentakel einer gewaltigen Krake erschienen, mit denen nächtliche Passanten gefangen wurden. Wer weiß, vielleicht endeten wir alle als Pâté – natürlich ohne Konservierungsmittel – für hungrige Wasserspeier!
Auf der Seine schwamm die Ile de la Cité ruhig vor sich hin – für immer getrennt vom Rest der Stadt.
Pipo unterbrach meine Gedanken mit einem wirklich blöden Kommentar. »Stell dir vor, es gäbe eine riesige Orgie im Fernsehen, ich meine, als ernsthafte Sendung, mit einem Preis am Schluss.«
»Wie kommst du denn auf so etwas?«
»Das wäre doch lustig, oder nicht? Ein gigantischer Gang Bang, wie wir ihn gerade gesehen haben, mit dem Titel *Gang Bang Connection.*« Pipo fing an zu lachen.
»*Gang Bang Connection* klingt gut«, musste ich zugeben, »doch es würde sich bestimmt niemand dafür interessieren. Eine derartige Banalisierung des sexuellen Aktes würde das Interesse und die Erotik total zerstören.«

»Du wirst schon sehen, eines Tages wird es so was geben.«
Im Jahr 1995 gab es noch keine Formate wie *Big Brother* im Fernsehen, an denen Aldous Huxley seine Freude gehabt hätte.
»Ich denke, es würde für echtes Aufsehen sorgen«, behauptete Pipo.
»Aber wie kommst du nur darauf? Wenn man alles sieht, ist es doch nur mehr banal!«
»Warum? Was würde denn fehlen, deiner Meinung nach?«
»Die Emotionen, Pipo. Das Gefühl. Wie willst du vor einem Millionenpublikum durch Gruppensex irgendein Gefühl transportieren, während dein Gesicht verkrampft vor lauter Angst, dass du vor Dutzenden von Kameras keinen hochkriegst?«
»Nun, ich würde dabei bestimmt einen Steifen kriegen.«
»Ich finde erotische Literatur viel spannender und kreativer.«
Verständnislos blickte er mich an.
»Ach, du bist doch der Perverseste aller Perversen!«, rief ich aus und gab ihm einen Klaps auf den Arm.
Lachend hielt er mich an den Schultern fest, bevor wir in unser Auto stiegen. Kleine Nachtfalter umflatterten das Licht der Straßenlaternen und irgendwie fühlte ich mich selbst wie einer von ihnen: Auf der einen Seite fand ich Pipo enorm anziehend, auf der anderen Seite hatte ich Angst, mich zu verbrennen.
Als er vor der Pension hielt, sprang ich schnell wie der Blitz aus dem Auto, ohne mich von ihm zu verabschieden. Drinnen sprach Yamal gerade mit einem englischen

Tourist, der es scheinbar »cool« fand, ohne Schuhe durch die Gegend zu laufen. Yamal würdigte mich kaum eines Blickes, doch der Tourist drehte sich nach mir um und schenkte mir ein dümmliches Lächeln. Ich lief weiter bis zu meinem Zimmer, mein Herz raste.

Als ich die Tür öffnete, empfing mich ein feuchter Geruch, den die Möbel vor allem nachts zu verströmen schienen. Ich öffnete das Fenster und suchte erneut nach meinem exhibitionistisch veranlagten Nachbarn. Es war meine letzte Nacht hier in der Pension, und ich wollte sehen, ob er den Mut haben würde, sich noch einmal zu zeigen.

Rosa Flamingos

Seltsamerweise hatte ich meinem Exhibitionisten von gegenüber noch keinen Namen gegeben. Nach dem zu urteilen, was ich bislang gesehen hatte, hatte er ein totales Allerweltsgesicht. Bestimmt konnte er sich unter die Leute mischen, ohne Aufmerksamkeit zu erregen, und gewiss interessierte sich niemand für dieses armselige Leben innerhalb seiner zwanzig Quadratmeter. Vom Typus her verkörperte er den perfekten Terroristen, der eines Tages, angekotzt von der ewig gleichen Routine, eine Bombe in der Metrostation Saint-Michel zündet, um sich danach völlig entspannt und vor sich hin pfeifend vom Schauplatz zu entfernen. Doch aus irgendeinem Grund interessierte ich mich für diesen Typen.

Es war nun schon halb zwei und ich machte es mir bequem, während ich sein Fenster im Auge behielt. Die Lichter in meinem Zimmer hatte ich ausgeschaltet, damit er nicht auf den Gedanken kam, dass ich ihn beobachtete. Schließlich tauchte er auf, mit nacktem, vorgebeugtem Oberkörper, und schien irgendwelche Dinge hin und her zu schieben, die er offenbar vor sich auf einem Bett oder einem Tisch ausgebreitet hatte. Von meinem Zimmer aus vermochte ich keine Einzelheiten in seiner Wohnung zu erkennen, obwohl das Fenster weit offen stand, die Vorhänge ganz zurückgezogen waren und das Licht eingeschaltet war.

Nach einer Weile schnappte er sich das mir schon bekannte, über und über gemusterte Hemd, stellte sich vor den Spiegel, der an einer der Wände hing, und verschwand aus dem Zimmer, um – wie schon in der Nacht zuvor – nach ungefähr fünf Minuten wieder zurückzukehren. Er stellte sich erneut vor den Spiegel, fuhr sich mit der Hand zuerst auf der einen, dann auf der anderen Seite durch die Haare und befeuchtete schließlich seine Finger mit Spucke, um einige widerspenstige Strähnen über der Stirn festzukleben. Mit einer schnellen Bewegung drehte er sich plötzlich zum Fenster um, sodass ich dachte, er hätte mich erneut ertappt. Er starrte auf die Straße hinunter, sicher, um die Lage zu sondieren, dann zog er sich wieder ins Zimmer zurück, schnappte sich ein Buch und verschwand.

Aus reiner Neugier blieb ich am Fenster stehen, denn ich war mir sicher, dass er nun seine Wohnung verlassen würde. Ich hatte mich nicht getäuscht. Mein masturbationsfreudiger Nachbar stieß unten die Haupteingangstür des Gebäudes auf. Im hellen Licht der Straßenlaterne konnte ich das Muster auf seinem Hemd problemlos erkennen: Es waren rosarote Flamingos, die nun offensichtlich in Richtung Place Pigalle unterwegs waren.

Ich beschloss ihm zu folgen. Bis dato hatte ich noch nie viel davon gehalten, jemandem nachzuspionieren, da man damit die Intimsphäre des anderen verletzt, ohne dass er sich wehren kann. Doch seien wir ehrlich: Mein Nachbar hatte es doch regelrecht herausgefordert. Er wollte es offensichtlich gar nicht anders. Außerdem hatten die Erlebnisse mit Pipo in dieser Nacht meine Sinne deutlich geschärft. Doch ich musste mich beeilen, wenn ich seine Spur im Dunkel der Nacht nicht verlieren wollte.

Ich schnappte mir meine Tasche und rannte die Stiegen hinab. Yamal war nicht mehr in seine Unterhaltung mit dem Engländer vertieft, sondern verfolgte nun gebannt irgendeine Sendung im Fernsehen.
Am Ende des Häuserblocks blieb ich stehen, um nach meinem »Nachbarn« Ausschau zu halten. Ich ließ meinen Blick über die lärmenden Jugendlichen schweifen, die benebelt von Alkohol, Drogen und House-Musik in einer anderen Welt zu leben schienen, und über die Gäste einer Bar, die an Tischen direkt an der Straße saßen. Da vorne – da war er ja! Langsam und vergnügt ging er die Straße entlang und betrachtete dabei die blinkenden Sex-Shop-Lichter, die so hell waren, dass sie beinahe blendeten.
Ich überquerte die Straße, um näher an ihn heranzukommen und ihn besser im Auge behalten zu können. Dabei fiel es mir schwer, mich seinem Schritttempo anzupassen. Ich gehe nämlich immer ziemlich schnell und wollte ihn ja nicht überholen. Ich zwang mich also zu einem langsameren Tempo und war entsprechend erleichtert, als er endlich einen der Erotikläden betrat. Sein Buch hielt er dabei fest an seine Brust gedrückt, als befürchtete er, jemand könnte es ihm entreißen. Beim Öffnen der Tür kündigte ein Klingeln sein Eintreten an, danach verschwand seine Silhouette hinter den roten Vorhängen des Sex-Shops.
Ich kramte aus meiner Tasche ein noch ungeöffnetes Päckchen Zigaretten und zündete mir eine an. Während ich den Rauch tief in meine Lungen zog, beschloss ich, geduldig so lange zu warten, bis der Typ wieder herauskam, wie lange es auch dauern mochte. Auch die Tatsache, dass ich die aufdringlichen Lichter nun eventuell stundenlang ertragen musste, änderte nichts an meinem

Entschluss, ebenso wenig wie die Anmache einiger unrasierter Lustmolche, die auf der Suche nach Frischfleisch durch die Straßen streiften. Ich wollte unbedingt sein Gesicht sehen, in seine Augen blicken – sonst nichts. Irgendwie fühlte ich mich mit diesem Typen, der anfangs nur ein schwarzer Fleck im Fenster gegenüber gewesen war, verbunden, auch wenn diese Verbindung nur durch ein paar Zuckungen zustande gekommen war, die sich über die dunkle Straße hinweg ausbreiteten.
Ich setzte mich auf die Terrasse einer Bar gegenüber vom Sex-Shop, um nicht unnötig Aufmerksamkeit zu erregen, und bestellte bei einem unsympathischen Kellner, der bestimmt Charles hieß (er sah einfach aus wie ein Charles), einen Drink. Dabei ließ ich die roten Vorhänge gegenüber nicht aus den Augen.
Eine Menge Leute betraten und verließen den Laden: Heterosexuelle Paare, Schwule, Vierzigjährige, Sechzigjährige und ab und an ein hübsches Mädchen auf Plateausohlen, das vermutlich in der Live Show auftrat, die, wollte man der Reklame glauben, den zurzeit angesagtesten und heißesten Striptease versprach.
Da mein »Nachbar« noch immer nicht auftauchte, beschloss ich ihn zu suchen und ihn notfalls am Kragen aus dem Laden wieder rauszuzerren. Zudem war die Verlockung groß, mir den Sex-Shop einmal von innen anzusehen. Ich stand auf, kramte einige Münzen aus meiner Börse und legte sie neben den Drink, den ich kaum angerührt hatte, auf den Tisch. Mit vorgetäuschter Selbstsicherheit betrat ich anschließend festen Schrittes den Laden.
Ich hatte immer gedacht, derartige Läden seien bestimmt

besonders auf die Wahrung der Anonymität der Kunden bedacht, doch das strahlend helle Licht belehrte mich eines Besseren. Je heller, desto besser, schien die Devise, wenngleich jeder einzelne der anwesenden Kunden so tat, als sähe er nichts und niemanden. Keiner begegnete den Blicken des anderen. Und obwohl alle offensichtlich dasselbe »Hobby« hatten, gab es keinerlei Anzeichen dafür, dass hier Gleichgesinnte aufeinander trafen. Die einen steckten ihre Nase in Pornohefte, die anderen begutachteten Vitrinen mit irgendwelchen erotischen Hilfswerkzeugen und Ähnlichem. Niemand hatte meinem Eintreten Aufmerksamkeit geschenkt, obwohl ich die einzige Frau im Laden war. Von meiner anvisierten Zielperson fehlte jede Spur. Ich drehte mehrere Runden und gab vor, mich für einen Kamasutra-Kalender mit entsprechenden Bildern zu interessieren.

Im Augenwinkel sah ich plötzlich jemanden beschwingt aus einer der Videokabinen kommen und wusste sofort, dass er es war – das Buch hatte er noch immer fest unter den Arm geklemmt. Er war ein absoluter Allerweltstyp, nichts an ihm war besonders. Manchmal kommt es vor, dass wir uns auf völlig Belangloses und Unbedeutendes fixieren, obwohl wir uns nicht einmal selbst den Grund dafür erklären können. Ich war enttäuscht, ohne recht zu wissen warum. Schließlich hatte ich nie vorgehabt, mit ihm ein Gespräch zu beginnen – was hätte ich auch zu ihm sagen können? Auch seine körperlichen Vorzüge hatte ich nicht so anziehend gefunden, dass der Wunsch nach Sex die nächtliche Verfolgungsjagd erklärt hätte. Es war nun klar, dass das, was gestern Nacht geschehen war, absolut nichts mit ihm zu tun gehabt hatte, sondern nur mit

den Stunden davor. Sicher war die Verfolgung anfangs irgendwie spannend gewesen, doch nun, da er wirklich vor mir stand, war der Reiz verflogen. Außer einem kurzen Moment, den wir in unserem Leben miteinander geteilt hatten, und dem Anblick einiger bunter Vibratoren von enormer Größe, die wirklich nur zu Dekorationszwecken taugen konnten (Wer um alles in der Welt konnte sich diese Dinger in welche Öffnung auch immer schieben?), hatten wir nichts gemein. Ich war begierig darauf gewesen, einen Einblick in sein Leben zu erhalten, und nun musste ich mir wohl oder übel eingestehen, dass ich – nicht anders als nahezu der Rest der ganzen Welt – durch und durch voyeuristisch veranlagt war.
Als mein »Nachbar« den Laden verließ, heftete ich mich erneut an seine Fersen. Ich überquerte die Straße, wich dabei einigen Autos aus, die gerade vorbeifuhren, und ging ihm nach. Einen kurzen Moment lang dachte ich, er hätte mich bemerkt oder zumindest gespürt, dass jemand ihm folgte. Was zum Teufel hätte ich nur zu ihm gesagt, wenn er sich plötzlich umgedreht und mich gefragt hätte, was ich eigentlich von ihm wolle?
»Ach, entschuldigen Sie. Wissen Sie, letzte Nacht haben Sie sich vor meinem Fenster einen heruntergeholt und ich fand das sehr anregend, also musste ich mich auch gleich selbst beglücken. Nachdem ich zuerst ihr beeindruckendes Geschlecht kennen lernen durfte, wollte ich nun auch Ihrem Gesicht die Ehre geben.«
Oder:
»Sayonara, Nachbar-san. Nie hätte ich gedacht, dass Sie bei so einem Gemächt so ein Gesicht haben. Entschuldigen Sie vielmals, die Neugier trieb mich dazu.«

Während ich darüber nachdachte, was ich ihm im Fall des Falles erwidern sollte, steuerte der Unbekannte auf einen Müllcontainer zu und warf das Buch, das er bis jetzt so verkrampft festgehalten hatte, hinein. Danach drehte er sich um und ging weiter.

Warum warf er mitten in der Nacht ein Buch weg, noch dazu, nachdem er gerade aus einem Sex-Shop gekommen war? Augenblicklich erlosch mein Interesse an dem Unbekannten von gegenüber und richtete sich stattdessen auf diese ominöse Lektüre. Vielleicht gab es doch noch etwas, das uns außer einigen Zuckungen und dem Anblick seines erigierten Penis miteinander verband, nämlich die Vorliebe für Bücher.

Meine Hand in einen verdreckten Müllcontainer zu stecken, zählt ganz sicher nicht zu meinen Lieblingsbeschäftigungen, doch ich wollte unbedingt wissen, warum mein Nachbar das Buch entsorgt hatte. Mit vorsichtigen Bewegungen, um nur ja nichts Ekliges zu berühren, hob ich den Deckel an und tastete mich vorwärts. Da – ich hatte es.

Es war ein Katalog.

Ich hielt einen simplen Versandkatalog in meinen Händen; die zerknitterten Seiten zeigten die Stellen, in denen er geblättert hatte – Damenunterwäsche!

Ich fühlte mich maßlos hintergangen. Der Typ holte sich also einen runter und betrachtete dabei in enge, altbackene Korsetts eingeschnürte Frauen mit Körbchengröße 100 C?

Nun wunderte ich mich auch nicht mehr, dass er mich überhaupt nicht bemerkt hatte. Ich war einfach nicht sein Typ, flachbrüstig wie ich war …

Mimi

Mimi und ich hatten uns an der Straßburger Universität im ersten Studienjahr kennen gelernt, als wir alle noch unter dem Einfluss unserer Eltern stehend dachten, wir lernten fürs Leben. Ich hatte mich als Wahlfach für eine Vorlesung über zeitgenössische Geschichte entschieden, da der Professor in dem Ruf stand, sehr unterhaltsam zu sein. So versuchte er z. B. seinen Studenten den Sturm auf die Bastille so anschaulich wie möglich zu vermitteln, indem er auf einen Tisch stieg und in bester Marktschreiermanier Unflätigkeiten durch den Saal brüllte.

Mimi kam aus Toamasina, dem früheren Tamateve. Die Stadt liegt an der Ostküste Madagaskars, nordöstlich von Antananarivo, und beherbergt den bedeutendsten Hafen des Landes. Ihre Mutter stammte ursprünglich von der Insel Mayotte, der französischen Insel der Komoren, doch da sie nur in Toamasina Arbeit finden konnte, verließ sie schließlich ihre nach Ylang Ylang und Vanille duftende Heimat. In Toamasina heiratete sie dann einen fleißigen Arbeiter mit einfachem Gemüt und hatte fünf Kinder mit ihm. Mimi war die Älteste.

Obwohl Mimi und ich unterschiedliche Ziele verfolgten, landete auch sie in dieser Vorlesung über zeitgenössische Geschichte, und ebenso wie ich hatte auch sie diesen Kurs wegen des exzentrischen Professors gewählt und nicht etwa aus Wissbegierde. Wir hatten also von Anfang an etwas gemein.

Mimi gehörte zu jenen Mädchen, die irgendwie immer traurig aussahen – ihrer Schönheit tat dies jedoch keinerlei Abbruch. Nein, Mimi war wirklich alles andere als hässlich mit ihrer dichten, langen, dunklen Mähne und ihrer Wespentaille, die durch ihre verwaschenen, engen Jeans noch betont wurde. Ihre geheimnisvolle Schönheit stand in krassem Gegensatz zu ihrem nachlässigen Kleidungsstil, doch Mimi gehörte trotzdem zu den begehrtesten Mädchen der ganzen Universität. Sie selbst hatte hingegen nichts mit den jungen Burschen am Hut, die sie umwarben. Sie wollte Anwältin werden. Erst viel später erkannte ich, dass nicht ihre Zielstrebigkeit der Grund dafür war, jegliche Verabredung zu meiden …

Das ganze erste Studienjahr waren wir nahezu unzertrennlich. Wir amüsierten uns herrlich über unseren schauspielernden Professor, der mit den anderen Vortragenden ständig im Clinch lag, da die Studenten in den angrenzenden Sälen sich aufgrund des Lärms bei uns nicht konzentrieren konnten.

Im zweiten Jahr kehrte Mimi ihrem heruntergekommenen Wohnviertel den Rücken und zog in ein noch schlimmeres im Zentrum von Paris.

Ich hingegen setzte mein Studium in Straßburg fort, und obwohl Mimi nun nicht mehr da war, verloren wir nie den Kontakt zueinander. Eines Tages erzählte sie mir, dass sie ihr Studium hingeschmissen hatte. Sie hatte nun eine Arbeit gefunden, die es ihr ermöglichte, ihre Familie in Madagaskar mit zu ernähren.

Wir schrieben uns jeden Monat und jedes Mal fragte ich

sie, ob sie nun schon einen Freund gefunden hätte. Paris ist eine große Stadt und es gab mehr als genug Möglichkeiten, jemanden kennen zu lernen. Ihre Antworten waren jedoch immer dieselben:
»Du weißt genau, warum ich keinen Freund habe – also hör endlich auf, mir diese dummen Fragen zu stellen.«
Ich hatte keine wirklichen Beweise dafür, dass Mimi lesbisch sein könnte, noch ließ Mimi sich je etwas in dieser Richtung anmerken, und allein die Vorstellung fiel mir schwer. Mimi mochte ja vieles sein, aber das doch sicher nicht. Sie war einfach nicht der Typ dafür. Sie entsprach überhaupt nicht meinem Bild, das ich zu diesem Thema im Kopf hatte – ein weiterer Beweis dafür, dass Vorurteile Unsinn sind.
Nur ein einziges Mal bemerkte ich etwas, als ich ein Wochenende bei ihr zu Hause verbrachte. An jenem Tag war sie plötzlich um vieles lockerer, offener und zutraulicher, doch als sie meine Zurückhaltung ab einem bestimmten Punkt bemerkte, zog sie sich wieder in sich zurück und wir sprachen nie mehr über dieses Thema. Für sie war ihre Sexualität ein größeres Tabu als für mich. Immer wieder fragte ich sie, warum sie denn nicht mit mir über alles reden wollte, wo ich doch angeblich ihre beste Freundin war. Vielleicht wäre es ihr dann ja besser gegangen. Mit jemandem offen zu reden, dem man wirklich voll und ganz vertrauen kann, kann wirklich befreiend wirken. Doch sie wollte einfach nicht.
»Du weißt, dass ich dich verstehen kann, Mimi.«
»Ja, ich weiß. Trotzdem bist du nicht gerade die Person, mit der ich über dieses Thema reden will. Du weißt genau, warum. Also hör auf.«

Mimi war die Erste, die von meinem Japanisch-Kurs in Paris erfuhr.
Sie empfing mich mit Lockenwicklern auf dem Kopf und einer ekligen, grünen Gurkenmaske im Gesicht, gab mir links und rechts ein Küsschen in die Luft, um mein Gesicht nicht zu beschmieren, und bat mich herein in ihr kleines, aber geschmackvoll mit Rattanmöbeln eingerichtetes Apartment.
Mimi arbeitete in der Nacht als Kellnerin in einem Swingerclub und war gerade dabei, sich fertig zu machen.
»Und, wie läuft es in Paris?«
»Gleich am ersten Tag hab ich jemanden kennen gelernt.«
»Einen Typen?«, rief sie aus der kleinen, offenen Küche, in der sie gerade Kaffee kochte. »Und wie?«
»Ach, reiner Zufall.«
Und ich erzählte ihr alles über das Zwischenspiel mit Edouard, von dessen Existenz sie ja von früher schon gewusst hatte, über das Treffen mit Pipo und über die bislang stark vernachlässigten Japanisch-Vorlesungen.
»Weißt du, er ist irgendwie ein seltsamer Typ, aber er hat etwas, das mich total anzieht.«
»Ja, ja. Ich kann ihn mir schon vorstellen. Wie immer derselbe Macho-Typ. Sei mal ehrlich, welcher Mann ist denn schon normal?«
Nervös rührte sie mit dem Löffel in der Tasse herum.
»Er gefällt mir einfach, das ist alles. Ich weiß nicht einmal, ob er mich auch anziehend findet. Er verhält sich irgendwie merkwürdig.«
»Warst du schon mit ihm im Bett?«
»Nein, gar nicht.«

»Das ist ja wirklich seltsam. Normalerweise machen sich die Typen erst rar, wenn sie dich im Bett hatten. Das wäre normal. Das Interesse ist dann einfach weg, verstehst du? Aber so …«
Sie blies immer wieder in ihre Tasse, um sich am heißen Kaffee nicht den Mund zu verbrennen.
»Er hat es noch nicht einmal versucht.«
Ich bemerkte, dass sie eifersüchtig wurde. Um sich nichts anmerken zu lassen, fuhr sie sich mit ihren Fingern ins Gesicht, um zu sehen, ob die Maske schon hart wurde.
»Es ist echt eigenartig, aber aus irgendeinem Grund hat er es sich zur Aufgabe gemacht, mich zu sämtlichen, na ja, sagen wir mal ›zweifelhaften‹ Veranstaltungen in ganz Paris mitzuschleppen.«
»Was meinst du mit ›zweifelhaft‹?«
»Nun, er nimmt mich in irgendwelche komischen Clubs mit, in denen Orgien stattfinden …«
»Was für ein Arsch! Männer sind echt das Letzte! Dir ist hoffentlich klar, dass der dich nur ausnutzt? In die meisten dieser Clubs dürfen Männer alleine nicht rein. Sie müssen in Begleitung einer Frau kommen. Glaub mir, ich kenn mich auf diesem Gebiet aus. Also, mir ist völlig klar, warum der mit dir loszieht.«
»Vielleicht ist er aber auch nur einsam. Könnte doch sein, oder? Er hat mir erzählt, dass er vier Jahre lang mit einer Frau zusammen gewesen ist. Ich weiß nicht, warum das Ganze auseinander gegangen ist, er wollte mir nichts Genaueres erzählen, doch anscheinend gibt es sonst niemanden in seinem Leben.«
»Ich möchte ja nur mal wissen, ob diese Story überhaupt stimmt.«

Und dann begann Mimi mit ihrem ewig gleichen Vortrag, den ich schon auswendig kannte.
»Für was sind Männer denn eigentlich gut? Im Ernst, denk doch mal nach. Abgesehen davon, dass sie dich bumsen, wie es ihnen in den Kram passt, und dich bei erstbester Gelegenheit betrügen, wofür sind sie gut?«
Die Antwort, die ich ebenfalls schon auswendig kannte, gab sie sich gleich selbst. »Für nichts! Sie sind nur Parasiten in einer Welt, die seit jeher und für alle Zeit den Frauen gehört. Sie sind wie ungebetene Gäste, die man am besten auf schnellstem Wege wieder loswerden sollte.«
Sie nahm einen Schluck Kaffee. Ich sah, dass zwei ihrer Finger grüne Flecken von der Gesichtsmaske hatten. Sie blies die Backen auf, als die heiße Flüssigkeit in ihren Mund rann, schnitt eine Grimasse und fügte hinzu:
»Männer taugen einfach nichts, Val. Eines Tages wirst du das verstehen.«
Mimi rauchte immer dünne Mentholzigaretten. Sie steckte sich eine zwischen die Lippen, ein schwieriges Unterfangen, da ihre Maske bereits hart geworden war.
»Und wenn dir der Wunsch nach einem Kind Kopfzerbrechen bereitet, so gibt es doch längst die künstliche Befruchtung. Du siehst also, wir brauchen keine Männer. Und eines ist klar: Was den Sex anbelangt, können wir es uns selbst deutlich besser besorgen.«
Von Jahr zu Jahr wetterte Mimi heftiger gegen das »starke Geschlecht«. Doch mal ehrlich – wollten wir die Männer nicht so sehen? Immer schuld an all unserem Unglück und in den meisten Fällen unfähig, uns zu befriedigen? Waren wir nicht selbst schuld an diesem Bild aufgrund unserer Erziehung und unseres Verhaltens?

Männer, pausenlos erregt durch minimale Stimulation, mit bedrohlich aufgerichtetem und spitzem Penis, stets voller Freude bereit, in uns hineinzustoßen wie mit Bohrmaschinen in die nächstbeste Wand. War dieses Bild nicht übertrieben?

Mimi führte unterdessen ihren Vortrag noch weiter aus: Wenn Männer älter wurden, wurden sie nur noch schlimmer. Ganz anders hingegen ältere Frauen! Wie zart wirkten diese und wie nett waren sie anzusehen. Sie strahlten Ruhe aus. Stets blieb ihnen der mütterliche Instinkt erhalten, selbst noch im Alter von achtzig Jahren. Eine Oma war für ihre Enkel immer so etwas wie eine Ersatzmama. Alte Männer um die achtzig sabberten stattdessen nur vor den weißen Blusen der Krankenschwestern herum.

»Denk mal an meine Mutter. Sie arbeitet in einem geriatrischen Krankenhaus, die Arme. Sie hat mir erzählt, dass die alten Typen beim Baden, sobald sie eingeseift werden, sofort einen Steifen kriegen.« Mimi konnte kaum mehr sprechen mit der verkrusteten Paste auf ihrem Gesicht. »Eigentlich müsste man sie ab einem gewissen Alter einschläfern. Hast du jemals so was Ekliges von einer Frau gehört? Ganz sicher nicht! Männer sind einfach nur widerliche Schweine!«

»Mimi, jetzt beruhige dich doch. Das mit dem Einschläfern ist wirklich zu arg.«

»Überhaupt nicht! Wir würden ihnen einen großen Gefallen tun, wenn wir sie von ihren Körpern befreien würden, die einzig und allein ihren schmutzigen Spielchen dienen. Sie leiden, weißt du? Sie leiden darunter, auch wenn sie es selbst nicht merken. Hast du je eine Frau mit schmerzenden Eiern gesehen? Vermutlich nicht!«

»Wenn du die Eier in den Eierstöcken meinst, dann schon. Und ich weiß nicht, ob das so viel besser ist.«
»Aber unser Schmerz ist doch ein ganz anderer. Er hat überhaupt nichts mit dem Geschlechtsakt zu tun, sondern nur mit dem Eisprung und der Fortpflanzung. Männer wollen ihn dir nur reinstecken und aus. Das ist das Einzige, was sie im Kopf haben.«
Sie leerte ihre Tasse in einem Zug.
»Ich wasch mir mal dieses eklige Zeug aus dem Gesicht. Fühl dich wie zu Hause. Bring deine Sachen ins Zimmer und richte dich ein. Nimm ruhig die Plüschtiere vom Bett. Ich habe nämlich Hunderte davon im Bett liegen. Warte nicht auf mich heute Nacht, es wird spät.«
Statt Männern sammelte Mimi also allem Anschein nach Plüschtiere. Da ihre Wohnung so klein war, blieb uns nichts anderes übrig, als das Bett miteinander zu teilen.
Nachdem Mimi zur Arbeit gegangen war, legte ich mich hin. Das Zimmer schien plötzlich größer und größer zu werden und ich starrte in einen immensen, dunklen Raum, ohne physische Grenzen oder definierten Horizont. Ich konnte nicht richtig schlafen. Mich innerhalb von wenigen Tagen an zwei verschiedene Betten zu gewöhnen, fiel mir äußerst schwer. So lag ich also mit offenen Augen im Dunkeln und konzentrierte mich auf das Ticken eines mechanischen Weckers, das von den Wänden widerzuhallen schien. Mehr und mehr füllte das Geräusch der unerbittlich vorrückenden Zeiger meine Gedanken aus und schon bald konnte ich den Ursprung des Tickens nicht mehr ausmachen.
Ich versuchte mich bewusst auf den Nachttisch rechts neben dem Bett zu konzentrieren, auf dem der Wecker

stand. Das Ticken wurde schließlich zum Gezwitscher einiger Rotkehlchen, die auf den Ästen einer Pappel herumhüpften. Der Baum stand am Rand einer unbefestigten Straße, die zu einem kleinen blauen Häuschen führte. Meerblau – ein »Oh Gott, bin ich glücklich!«-Blau. Pipo und ich liebten uns und er lächelte mich an, während ich vor Glück weinte. Er sagte: »Ich werde dich noch einmal glücklich machen, mit meinen Fingerspitzen«, und ich öffnete mich mehr und mehr, während ich seinen Zeigefinger in mir spürte. Er drehte ihn einmal ganz herum und sagte: »Beweg dich nicht. Ich bewege mich für dich«, bis ich schließlich zitterte vor Lust. Ich seufzte und sagte: »Jetzt mit zwei Fingern.« Ein immenser Orgasmus brach über mich herein und ich drängte mich in seine Arme. Ich streichelte seine Haare, die Rotkehlchen verstummten und die Äste der Pappel neigten sich leicht in einer von Seufzern und Glück erfüllten Brise. Ich nahm sein bestes Stück in den Mund und er sagte: »Nein, noch nicht. Du kitzelst mich.« Ich spürte, wie er hart wurde in meinem Mund, er hörte auf zu lachen und begann stattdessen zu stöhnen. Ich massierte seine Eichel immer wieder fest mit meinen Lippen. »Wenn du so weitermachst, komme ich gleich.« – »Na los, komm!« – »Nein, noch nicht.« – »Aber ich möchte es.« – »Warum?« – »Weil ich dich liebe.«
Ich schlug meine feuchten Augen auf, aufgeschreckt durch den Luftzug der Decke auf der anderen Seite des Bettes. Ich drehte mich um und sah Mimis nackten Rücken, weiß leuchtend im Dunkeln. Es war schon beinahe Morgen. Ein zarter, dunkler Flaum wuchs genau an jener Stelle am Hals, wo der Haaransatz aufhörte. Ihre Haare lagen in unordentlichen Strähnen ausgebreitet auf dem

Kissen. Ich stellte mir den Flaum auf ihrer Haut vor und wie es wäre, ihn gegen den Strich zu streicheln. Vorsichtig hob ich die Hand und bewegte sie in Mimis Richtung. Ich hatte Angst sie zu wecken. Kurz vor dem Ziel ließ ich die Hand wieder sinken, doch ich war ihr nahe genug gekommen, um die Hitze ihrer Haut zu spüren.

Ich schloss erneut die Augen. Pipo und ich liebten uns nun vor einem Publikum aus wilden Hasen, die auf einer grünen Wiese vor sich hin mümmelten. Aufgeschreckt durch unser plötzliches Stöhnen hüpften einige davon, dann kehrte wieder Stille ein. Der blaue Himmel hing ganz dicht über uns und drohte uns zu erdrücken. Es fehlte nicht viel und wir würden flach wie Flundern in der Wiese neben den Hasen liegen, die dann genüsslich an uns kauen würden. Nun wurden die Tiere immer größer und dicker, warfen immer bedrohlichere Schatten und verschlangen wie besessen alle Häuser entlang des Weges.

So ist das Leben. Wunderbare Momente werden überschattet von plötzlichen Unglücksfällen, die einen stets am Höhepunkt des Glücks heimsuchen. Ein gigantischer Hase, der dich mit seinen kleinen, scharfen Krallen zerreißt. Alice im Unglücksland.

Ich musste plötzlich an Isabelle denken, die Exfreundin von Pipo. Ich hatte das Gefühl, dass Pipo und mir kein Glück beschieden sein würde, wie auch immer sich die Dinge entwickeln mochten und wie sehr ich seine Gegenwart auch genoss. Unglück war noch schwerer zu ertragen, wenn man glücklich war. Niemand konnte Schreckliches einfach so wegstecken. Gefühlsmäßig neutral zu bleiben, bot viel mehr Sicherheit, denn wenn man die

glückvollen Höhen nicht kannte, konnte man auch nicht so tief fallen.
Vielleicht war es sogar noch besser, das ganze Leben hindurch unglücklich zu sein. Vielleicht. Zumindest konnte so das Unglück nicht plötzlich und unerwartet über einen hereinbrechen.
Zwischen mir und Mimi lagen mehrere Stofftiere, darunter ein rosaroter Hase, der nicht weniger bedrohlich wirkte als die Exemplare aus meinem Traum.
Mimi atmete heftig und ihr Zwerchfell hob und senkte sanft die vorspringenden Wirbel auf ihrem nackten, zarten Rücken. Ich stellte mir die Zartheit ihrer Haut vor, die Weichheit ihrer langen Haare, die sie immer mit sanften Bürstenstrichen zu zähmen pflegte.
Einen kurzen Moment lang erschauerte sie unter der verstohlenen Berührung meines Blickes. Wahrscheinlich träumte sie. Ich hoffte, dass ihre Träume angenehm und glücklich waren. Oder litt sie wie ich an der Unerträglichkeit des Seins?

Sex in der City

Vielleicht haben wir im Sex die einzige Möglichkeit
gefunden – ob sie nun ärmlich sei oder nicht –,
um der Liebe Ausdruck zu verleihen.
Pierre Mérot, *Säugetiere*

Die Begegnung

Pipo verlor die Kontrolle über seinen Wagen am 15. Juli um sechs Uhr morgens, als er von einem Rave anlässlich des französischen Nationalfeiertages zurückkam. Vor ihm bremste plötzlich abrupt ein Lastwagen, dessen Bremslichter grell aufleuchteten wie das Rotlicht einer Ampel. Er sah den Asphalt der Straße vor sich schwanken wie bei einem Erdbeben und danach war da nichts mehr, nur noch eine beängstigende Leere. Alles rundherum hatte sich Pipos Einfluss entzogen und er fühlte sich, als ob er gerade die Tracht Prügel seines Lebens erhalten hätte. Jeder Muskel schmerzte. Der Geruch von ausgelaufenem Benzin und verbranntem Gummi lag in der Luft und man hörte das beständige Tick-Tick-Tick eines sich immer noch drehenden Rades. Pipo lag inmitten einer Wiese, die nass vom Tau dieses herrlichen Julimorgens war, die Arme seitlich ausgestreckt wie eine Christusfigur in der Horizontale, das Gesicht voller Blut. Das Nichts senkte sich auf ihn herab, gefolgt von einem Licht.

»Warum hast du mir nicht gesagt, dass es so wehtun würde?«

Isabelle antwortete ihm nicht. Sie lächelte ihn nur an. Sie trug eine weiße Bluse und stand wenige Meter von ihm entfernt.

Man brachte ihn direkt ins La Salpétrière, mit blutigem Gesicht und aufgeplatzten Augenbrauen. Auf dem Sitz seines Autos fanden sie den Anhänger mit dem vierblättrigen Kleeblatt, den er verloren hatte, als er beim Aufprall auf den Tanklaster mit dem Gesicht gegen das Lenkrad knallte.

Er rief mich aus dem Krankenhaus an. Wie durch ein Wunder hatte er keine ernsteren Verletzungen. Einzig und allein die Halswirbel waren etwas gestaucht. Der materielle Schaden war also deutlich größer als der physische. Unser für den Abend geplantes Treffen konnte er natürlich nicht einhalten. Er sagte es mir am Ende des Gespräches, als wollte er sich dafür entschuldigen.

Ich fuhr zu ihm ins Krankenhaus, obwohl er mir versicherte, dies sei absolut nicht notwendig, da sie ihn ohnehin schon am nächsten Tag entlassen würden. Doch ich wollte mich unbedingt selbst davon überzeugen, dass es ihm so gut ging, wie er behauptete.

Im Grunde genommen blieben mir nur zwei Möglichkeiten: Ich konnte mir entweder selbst etwas vormachen, ihn mir endlich aus dem Kopf schlagen und unbekümmert weiter durchs Leben gehen, oder ich versuchte weiterhin, ich selbst zu sein und dabei mit offenen Augen ins Unglück zu rennen.

Unbekümmert? Nun, das klang verführerisch. Aber mir selbst das Dummchen vorzuspielen, das ging heftig gegen meinen Stolz als Frau. Daher zögerte ich keine Sekunde, als Pipo mich aus dem Krankenhaus anrief.

Ich betrat das Gebäude in tieftrauriger Stimmung, wie ich sie sonst nur im Oktober habe, dem Monat, den ich am meisten hasse – und das mitten im schönsten Juli.

Ich denke, dass ich damals in Pipo den modernen Abenteurer meiner Träume gefunden hatte. Ich hatte mir

schon immer ausgemalt, wie es wäre, mit einem urbanen Indiana Jones eine von Erotik und Gefühlen gleichermaßen bestimmte Beziehung zu führen. In meiner Phantasie hinterließ er für mich verschlüsselte Nachrichten auf bronzenen Informationstafeln an grauen, öffentlichen Gebäuden oder auf Hinweisschildern, die an Eingängen zu zweifelhaften Lokalen angebracht waren, die ganz sicher nichts für zart besaitete Seelchen oder unbeugsame Puritaner waren.
Vermutlich träumte ich damals von einer sexuellen Beziehung zu einem Moslem, wie zum Beispiel Lawrence von Arabien – obwohl der ja in Wahrheit gar kein Moslem gewesen war, doch er gefiel mir wahnsinnig gut in seiner arabischen Kleidung. Er verkörperte für mich die Sinnlichkeit der arabischen Kulturen, die ihre Sehnsüchte und Wünsche hinter wallenden Stoffen und sorgfältig gelegten Turbanen verbargen, während sie sich selbst zu Wächtern einer Tugendhaftigkeit aufschwangen, wie sie im Koran festgehalten ist.
Ich wollte wissen, ob ich aus eigenmächtiger Entscheidung durch das nächtliche, von Perversionen jeglicher Art erfüllte Paris streifte oder ob ich mich einfach nur von Pipo leiten ließ.
Vermutlich sind wir alle ständig auf der Suche nach Anknüpfungspunkten, die uns mit etwas oder jemandem verbinden. Aus Angst vor der schrecklichen Leere sind wir stets damit beschäftigt, uns mit Dingen zu umgeben und jedes Vakuum zu füllen, um zu verhindern, dass das Nichts in unser Leben eindringt. Vielleicht wollte ich einfach nur nicht alleine sein und in so eine Leere geraten.
Ich blickte Pipo in die Augen, betrachtete den leichten

Silberblick, der bereits Teil seiner suizidalen Persönlichkeit war. Seine Augen waren in seinem runden Gesicht von eigenartig symmetrischen Lachfalten eingerahmt. Die Wahrheit war, dass ich ihn beinahe verloren hätte.

»Du bist weder seine Freundin noch gehörst du zur Familie«, hatte Mimi gemeint, die nicht verstand, warum ich dermaßen besorgt um ihn war und ihn unbedingt sehen wollte.

»Dass er mich angerufen hat, beweist doch, dass ich ihm irgendetwas bedeute. Wenn nicht, hätte er sich nicht bei mir gemeldet, glaubst du nicht? Ich weiß nicht, was du gegen ihn hast. Du kennst ihn nicht einmal und trotzdem verurteilst du ihn.«

Mimi zog ihre Stirn in Falten und ging ins andere Zimmer. Ich folgte ihr, da ich wissen wollte, was in ihr vorging.

»Ehrlich, ich versteh dich nicht. Was hast du nur plötzlich? Warum findest du ihn so ätzend? Du kennst ihn doch nicht mal!«

Mimi gab mir keine Antwort. Stattdessen nahm sie das Bügeleisen und sortierte die saubere, aber noch völlig zerknitterte Wäsche. Sie bildete einen Stapel, stellte den leeren, blauen Wäschekorb unters Fenster und begann zu bügeln.

»Ist es wegen dem, was ich dir über unsere nächtlichen Ausflüge erzählt habe? Magst du ihn deswegen nicht?«, fragte ich sie nervös.

»Ich möchte jetzt nicht über dieses Thema reden«, war alles, was ich zu hören bekam.

»VERDAMMT, ANTWORTE MIR JETZT – SOFORT!«, schrie ich sie an.

Ihre Gleichgültigkeit brachte mich völlig aus der Fassung, doch es hatte keinen Sinn. Mimi war so verschlossen wie eine Auster. Eine Auster mit einer wertvollen Perle in ihrem Inneren, die sie jedoch stets gut verborgen hielt. Sobald sie zu reden begann, fing sofort wieder ihr vernichtender Vortrag über Männer an. Aber ob sie nun redete oder schwieg, sie schaffte es immer, mich total aus der Ruhe zu bringen.

»Und du, was treibst du denn in der Nacht? Kannst du mir das mal erklären? Du selbst arbeitest doch acht Stunden lang in einem Club für Perverse und siehst ihnen dabei zu, wie bunt gemischt einer über den anderen herfällt. Denkst du vielleicht, das wäre besser? DENKST DU WIRKLICH, DAS WÄRE BESSER?«

»Das ist nur meine Arbeit, nicht mehr und nicht weniger«, sagte sie ruhig und ohne mit der Wimper zu zucken, während sie mit energischen Bewegungen weiter bügelte. Es war einfach nicht möglich, mit Mimi eine erwachsene Unterhaltung zu führen. Sie nahm einige Blusen, sah sie eine nach der anderen durch, zog an den Ärmeln und betrachtete prüfend die Krägen, bevor sie sich weiter ans Werk machte.

Ich war so wütend, dass ich aus dem Haus stürmte und die Tür heftig hinter mir zuschlug.

Krankenbesuche im La Salpétrière waren von zwei bis acht Uhr abends möglich. Ich blieb ungefähr eine Stunde bei Pipo, um mich von seiner Unversehrtheit zu überzeugen.

Ich dachte, dass ich hier möglicherweise auf einen seiner Freunde oder ein Familienmitglied treffen würde, doch er saß ganz alleine vor einem kleinen Fernseher, der auf einem Kunststofftisch stand. Sein Zimmernachbar war von Kopf bis Fuß bandagiert und bewegte sich noch nicht einmal, als die Beine eines Stuhls, den ich näher an Pipos Bett stellen wollte, entsetzlich über den Boden quietschten. Pipo hingegen trug nur einen steifen Stützkragen um den Hals, doch dieser schränkte seine Beweglichkeit erheblich ein, sodass er den Kopf nicht zu mir herumdrehen konnte, als ich das Zimmer betrat.

»Val, jetzt bist du doch gekommen. Ich hab dir doch gesagt, dass das nicht nötig ist. Morgen schmeißen die mich hier sowieso wieder raus«, rief er, während er mit den Tasten der Fernbedienung kämpfte, um den Sender zu wechseln.

»Was haben die Ärzte gesagt? Wie geht es dir?«

Ich setzte mich auf sein Bett.

»Ach nichts. Die Halswirbel haben ein bisschen was abbekommen. Aber sonst – ein bisschen Kopfweh, nichts Ernstes. Meine Firma wird mir einen neuen Wagen geben und ich werde einige Zeit mit dem Stützkragen fahren müssen. Das ist alles.«

»Was ist passiert? Warst du betrunken oder bist du eingeschlafen?«

»Weder noch. So ein bescheuerter Lkw hat in einer Kurve plötzlich gebremst und ich hab zu spät reagiert. Doch wie du siehst, lebe ich noch, und das ist es doch, was zählt, oder?«

Pipo war immer schon schnell gefahren. Ihm gefiel die Geschwindigkeit und er genoss das Gefühl, mit dem Leben zu spielen oder zumindest dessen Grenzen auszuloten, was nicht unbedingt dasselbe ist. Der Tod ist ein

endgültiger Zustand, aber bis an die Grenzen zu gehen, kann im Koma oder im Rollstuhl enden und ein Leben als Rehapatient im La Salpétrière bedeuten, den Geruch von Äther und Injektionsflüssigkeiten für immer in der Nase.
»Wie wär's, wenn Mimi und ich dich morgen mit ihrem Wagen abholen kommen? Ich selbst fahre nicht, aber Mimi schon. Wir bringen dich nach Hause, wenn du willst.«
Zu meiner Überraschung nahm er den Vorschlag an. Dieser starke algerische Macho war tatsächlich damit einverstanden, dass zwei Frauen ihn im Krankenhaus abholten und nach Hause brachten.
Und eines war klar: Pipo liebte die Frauen und er tat nichts, um diese Tatsache zu verbergen – im Gegenteil. Jedes Mal, wenn ihm ein blonder Engel auf der Straße oder eine dunkelhaarige Teufelin an einer Kreuzung begegnete, sah er ihnen zuerst ins Gesicht, senkte dann den Blick auf den Busen und ließ ihn anschließend über die Hüften gleiten, auf denen sich die engen Slips unter der Kleidung abzeichneten. Tatsächlich waren es diese von modischen Frauen ungeliebten Slipkonturen, die bei Männern lustvolle Bilder im Kopf hervorriefen. Im Lauf der letzten Jahre waren die Nähte der Slips immer flacher und die Slips selbst immer winziger geworden, dafür verantwortlich waren jedoch nicht etwa ästhetische Gründe, sondern vielmehr diese ständigen lüsternen Blicke der Männer, von denen die Frauen die Nase voll hatten.
Also los, Mädels, zieht euch am besten gar keine Unterwäsche an, und ihr seid vor aufdringlichen Gaffern sicher – was für ein widersprüchlicher Irrsinn!

Aber abgesehen davon: Heutzutage wird sowieso schon allenthalben nahezu alles gezeigt und der Gewohnheitsvoyeur wird immer frustrierter. Denn worauf kann er jetzt noch heimlich stieren, wenn sowieso schon jeder fast alles mehr oder weniger offen sehen kann?

Als ich Mimi Pipo vorstellte, wurde ich unsichtbar. Und jedes Mal, wenn sie später mit uns zusammen war, blieb es so. Es war dann so, als ob ich aufgehört hätte zu existieren. Sobald Mimi zu uns stieß, glitt Pipos Blick aus welchen Gründen auch immer plötzlich über mich hinweg und blieb am Hintern meiner Freundin haften.
Es war gar nicht so einfach, Mimi dazu zu überreden, Pipo mit mir im Krankenhaus abzuholen. Ich musste sogar zu Erpressung greifen und unsere Freundschaft in die Waagschale werfen, bis sie endlich damit einverstanden war.
»Mimi – Pipo«, stellte ich die beiden einander vor, während er gerade seine Sachen aus dem Spind räumte.
Pipo hob den Blick und begrüßte Mimi mit einem »Hallo«, dem er sein breites Lächeln folgen ließ. Mimi antwortete mit einem unverständlichen Murmeln und warf dabei demonstrativ immer wieder Blicke auf ihre Uhr, um deutlich zu machen, dass sie nicht den ganzen Tag Zeit hätte.
Pipo verabschiedete sich von seinem Bettnachbarn, der nach wie vor nicht einmal den kleinen Zeh bewegen konnte. Dann folgte der Abschied von allen Krankenschwestern und selbst die Putzfrauen wurden nicht vergessen. Mimi war uns in der Zwischenzeit an die vier Meter vorausgeeilt, damit wir uns nur ja nicht zu lange

aufhielten. Als ich sie einholte, machte sie mir unmissverständlich klar, dass sie so schnell wie möglich wieder hier weg wollte.

»Mimi, warte! Wir gehen ja schon. Aber bitte setz ein anderes Gesicht auf. Dir ist ja schon von weitem anzusehen, dass er dir überhaupt nicht gefällt.«

»Der Typ ist ein Aufreißer, siehst du das denn nicht? Der hat doch jede einzelne Krankenschwester angemacht.«

»Na ja ... aber das ist doch normal. Sie haben ihn schließlich gepflegt und er wird sie ins Herz geschlossen haben.«

»Das Einzige, das der ins Herz geschlossen hat, ist die schwarze Unterwäsche, die die Schwestern unter den weißen Blusen tragen.« Hektisch kramte Mimi nach ihren Schlüsseln. »Alle Männer sind Schweine.«

Pipo setzte sich auf den vorderen Beifahrersitz, um Mimi den Weg anzusagen. In der Zwischenzeit war ich damit beschäftigt, meiner Freundin via Rückspiegel verständlich zu machen, dass sie ein wenig freundlicher zu Pipo sein sollte. Doch irgendwie schienen meine pantomimischen Anstrengungen nicht zu ihr durchzudringen.

»Um Gottes willen, hier wohnst du?«, fuhr sie Pipo an, als wir bei seiner Wohnung ankamen.

Mein Freund wohnte in einem von der Polizei am meisten gefürchteten Viertel.

»Na ja, ich hatte nicht unbedingt die große Auswahl. Woanders wollte mir niemand eine Wohnung vermieten. Und weißt du auch warum?«, fragte er Mimi, die ihren Blick nicht von der Straße abwandte.

Ohne auch nur den geringsten Ton über ihre Lippen zu bringen, hob sie nur fragend das Kinn.

»Weil ich Algerier bin. Das ist doch offensichtlich, oder? Im Grunde ihres Herzens sind alle Franzosen Rassisten.«
»Du bist kein Franzose?«, fragte Mimi arrogant.
»Ich bin hier aufgewachsen, aber meine Eltern stammen aus Algerien. Und ich bin verdammt stolz darauf.«
Mimi blies hörbar die Luft zwischen ihren Lippen hervor, um zu zeigen, wie uninteressant sie diese Unterhaltung fand, und brachte das Auto vor der Eingangstür seines Wohnhauses zum Stehen.
»Du bist doch auch keine Französin, oder?«
Mimi warf mir einen Blick zu, der mir verklickern sollte, dass sie kurz davor stand, einen Wutanfall zu kriegen.
»Tja, das bin ich tatsächlich nicht. Aber wie auch immer – ich hege keinerlei Groll auf die Franzosen.« Ihr schnippischer Tonfall ließ keine Zweifel daran, wie sie über Pipo dachte.
Ich versuchte die angespannte Situation zu entschärfen, indem ich beide für den Abend zum Essen einlud. Mimi, weil ich ihr dafür danken wollte, dass sie Pipo nach Hause gebracht hatte, und Pipo, weil ich glücklich war, dass er wieder aus dem Krankenhaus entlassen worden war.
»Ich kann heute nicht«, sagte Mimi, während sie in den Rückspiegel blickte und über ihre Haare strich. »Ich muss heute schon früher arbeiten, weil das Mädchen von der Nachmittagsschicht nicht kommt.«
»Was arbeitest du denn?«, fragte Pipo übergangslos.
»Ich arbeite als Kellnerin in einer Bar«, sagte Mimi, ohne näher darauf einzugehen.
»In welcher Bar?«, blieb Pipo hartnäckig. »Ich kenne alle Bars in Paris.«

Mimi schwankte einen Moment, warf mir einen Blick zu und errötete dann ein wenig.
»Ach, in irgendeiner Bar eben, in der lästige Gäste wie du was zu trinken kriegen.«
Pipo hakte nun nicht mehr weiter nach, stieg aus dem Auto aus und winkte uns zum Abschied zu.
Während des ganzen Gesprächs hatte ich kaum den Mund aufgemacht. Mimi war hart zu Pipo gewesen, doch auf der anderen Seite verstand ich, dass sie misstrauisch war und nichts von sich preisgeben wollte. Das war nur logisch. Ich dachte auch, dass sie vermutlich nicht besonders stolz darauf war, derart freizügige Gäste zu bedienen, wenngleich es mir persönlich völlig egal war. Doch Mimi hatte stets darauf geachtet, was die Leute von ihr hielten.
Am folgenden Tag traf ich Pipo im Chez Jojo, mit dem Stützkragen um den Hals und extrem müden Augen. Ich fühlte mich geschmeichelt. Er war kaum vierundzwanzig Stunden aus dem Krankenhaus, schon wollte er mich wiedersehen.
»Ich wollte mit irgendjemandem reden«, erklärte er mir. »Im Krankenhaus hatte ich Zeit, an Isabelle zu denken, weißt du?«
Und er fing an, wieder zu erzählen.

»Wir könnten doch zusammenziehen, oder?«, schlug Pipo vor.
»Warum nicht?«, antwortete Isabelle.
Er nahm sie in seine Arme und nutzte eine rote Ampel, um ihren Rock nach oben zu schieben und seine Hand auf die Wölbung ihrer Scham zu legen.

»Ich könnte dich den ganzen Tag lieben und dir einen Haufen Kinder machen.«

»Warum nicht?«

Isabelle warf ihre dichte, schwarz glänzende Mähne nach hinten, und Pipo bemerkte, dass ihr weißer Hals im Licht der Ampel rot schimmerte.

Diese Zartheit überwältigte ihn und er wurde zum Vampir: Sanft und langsam biss er ihr in das durchsichtige Weiß ihres Halses, als hätte er einen saftigen Apfel vor sich.

»An den Wochenenden würde ich für dich kochen und den Hund ausführen.«

»Warum nicht?«

Die Gänsehaut überzog nun auch Isabelles Brustwarzen, die sich steif unter ihrer Bluse abzeichneten. Sie erinnerten an die weichen Spitzen von Filzstiften, deren Farbe ausgelaufen war.

Als sie sich liebten, schwor Pipo ihr ewige Liebe, und Isabelle sah tief in seine Augen, als sie ein »Warum nicht?« über ihre Lippen hauchte.

Das Geheimnis

An jenem Abend hatte mein persönlicher Indiana Jones beschlossen, mir von seinem Taxi aus die Hieroglyphen des Obelisken auf dem Place de la Concorde zu zeigen, der 1831 von Luxor nach Paris gebracht worden war.
Wir fuhren einige Runden um den Platz, als Pipo, geschmückt mit seinem enormen Stützkragen, plötzlich auf Höhe der Gabelung mit der Avenue des Champs-Elysées bremste. Nach einer weiteren Runde fuhr er an derselben Stelle noch langsamer.
»Sag mal, was soll denn das werden?«, rief ich leicht panisch. »Wenn du nicht weiterfährst, werden wir gleich noch einen Unfall haben. Hat dir der eine nicht gereicht?«
Doch Pipo reagierte nicht. Stattdessen fuhr er noch eine Runde um den Platz.
»Eigentlich wollte ich dir hier den geheimnisvollen Obelisken von Luxor zeigen, doch anscheinend sind wir hier auf ein anderes Geheimnis gestoßen, nämlich das deiner madagassischen Freundin.« Sein Tonfall war irgendwie gehässig. »Ist das da drüben nicht Mimi?« Dabei hob er kurz den Zeigefinger vom Lenkrad, um auf das Mädchen zu zeigen, das er mit meiner Freundin verwechselte.
»Mimi? Wo?«
»Dort drüben. Mit dem schwarzen Kleid. Ich könnte schwören, dass sie es ist.« Aufgeregt fuchtelte er mit seiner Hand herum.

Doch es konnte ja gar nicht Mimi sein. Mimi arbeitete gerade wie jede Nacht in dieser von Stöhnen erfüllten und mit runden Betten ausgestatteten Bar. Sie arbeitete viele Stunden dort und war jedes Mal, wenn sie von diesem lasterhaften, orgiastischen Ort nach Hause kam, völlig am Ende.

Ich warf einen Blick in die Richtung, in die Pipo gezeigt hatte, um zu sehen, ob sie es war oder nicht. Als ich erkennen musste, dass Pipo Recht hatte, überlief es mich eiskalt. Der Place de la Concorde war in Paris als *der* Platz für Edelprostitution bekannt, und die Mädchen warteten hier darauf, dass ein Mercedes oder ein schnittiges Cabrio anhielt, um sie in ein Hotel in der Avenue Montaigne oder der Avenue Kléber zu kutschieren. Doch was um alles in der Welt machte Mimi hier zwischen diesen nachtaktiven Wesen, die so wenig mit ihr gemein hatten?

Ich verspürte einen plötzlichen Hass auf Pipo, weil er mich hierher gebracht hatte und ich nun mit eigenen Augen die Wahrheit über meine ehemalige Studienkollegin ansehen musste. Hätte nur er sie gesehen, ich hätte ihm nicht geglaubt. Ich hätte immer noch behaupten können, dass er log, weil er Mimi nicht ausstehen konnte, dass er versuchte, einen Keil zwischen uns zu treiben und unsere Freundschaft kaputtzumachen. Ich hätte sagen können, dass Mimi es niemals mit einem Mann getrieben hätte – sie liebte doch ganz offensichtlich nur Frauen!

Aus diesem Grund bestand also nicht die geringste Möglichkeit dafür, dass wir tatsächlich Mimi gesehen hatten. Es musste sich um einen Irrtum handeln, oder es gab eben noch eine andere Frau, die aussah wie Mimi, mit demselben Haar, demselben Körper und derselben Aus-

strahlung. Dass Mimi sich an einem Ort wie diesem hier herumtrieb, war schlicht und einfach unmöglich.
Doch innerlich schwankte ich. Mit einem Mal spürte ich am eigenen Leib ihren Schmerz, das Gefühl des Verlassenseins, das ihren Körper erschauern lassen musste, sobald sie sich zu einem Mann ins Bett legte. Ihren Brechreiz, den sie für ein paar Scheine unterdrücken musste. Ihr Widerstreben, ihren Ekel, wenn sie mit ihren zarten, rosigen Fingerspitzen über einen behaarten Männerkörper strich.
»Vielleicht interpretieren wir das Ganze nur falsch. Vielleicht ist es ein Missverständnis. Es liegt in der menschlichen Natur, immer gleich das Schlechteste anzunehmen. Vielleicht hat sie ja nur ein Date und wird hier abgeholt.«
Ich bemühte mich redlich, mich selbst zu überzeugen, doch noch während ich die Worte aussprach, wurde ich immer leiser und brach schließlich ab.
»Ja, ganz bestimmt.«
Ich merkte, dass Pipo nun Mitleid mit mir und der armen Mimi hatte, die dazu gezwungen war, in dieser schönen Julinacht auf den Strich zu gehen. Trotzdem sah er mich mit der Selbstsicherheit eines Mannes an, der genau wusste, wovon er sprach.
»Val, dieser Platz ist genau dafür berühmt. Man verabredet sich nicht an einem Ort mit einem Mädchen, an dem es von Bordsteinschwalben nur so wimmelt. Außerdem – sollte sie nicht um diese Zeit in der Bar arbeiten?«
Eine unsichtbare Hand schien an meiner Brust zu zerren und mir Stiche ins Herz zu versetzen. Ich fühlte mich schlecht, weil sie mir offensichtlich nicht genug vertraute, um mir ihr Geheimnis anzuvertrauen.

Was nun folgte, ließ endgültig keine Zweifel mehr offen. Ein Jaguar mit Metalliclackierung blieb auf Höhe der Mädchen stehen, die zusammen mit Mimi offensichtlich auf Freier warteten. Die zarten Stoffe der Kleider flatterten im nächtlichen Wind. Zwei der Mädchen traten an die Scheibe heran, die langsam von einem Mann mit dunkler Haut und dunklem Anzug heruntergelassen wurde. Das in der Autotür verschwindende Glas ließ mich an dichten Rauch denken, der sich nun plötzlich auflöste, ebenso wie meine Zweifel darüber, ob es tatsächlich Mimi war oder nicht. Binnen Sekunden erkannte ich die arrogante Haltung meiner Freundin, die sie scheinbar auch in dieser unangenehmen Situation nicht ablegte. Im Gegenteil. Ihre Arroganz trat noch deutlicher zutage, indem sie sich weigerte, persönlich mit dem Freier zu sprechen, und den anderen Mädchen den Vortritt in diesem vulgären Possenspiel ließ. Sie war wunderschön, erhaben, sinnlich und überstrahlte alle anderen Frauen. Es war, als stünde sie allein auf diesem gigantischen Platz.
Nach einer gewissen Zeit öffnete Mimi die hintere Tür des Jaguars und stieg zusammen mit zwei weiteren Mädchen ein.
»Warum fahren wir ihnen nicht hinterher?«, fragte ich Pipo, der das ganze Geschehen ebenso gebannt verfolgt hatte wie ich.
»Bist du dir sicher?« Er warf mir einen fragenden Blick zu. »Ich kann mir schon vorstellen, wo die hinfahren.«
»Also, worauf wartest du noch?«
Pipo startete den Wagen und versuchte sich in den Verkehr einzufädeln, der um diese Zeit hier besonders stark war.

»Sagst du mir jetzt, wo sie deiner Meinung nach hinfahren?«
»Ins Georges V oder ins Raphael. In irgendein Hotel, das mindestens fünf Sterne hat. Glaub mir – wer sich so ein Auto leisten kann, hat jede Menge Kohle.«
Das Georges V war das teuerste und schönste Hotel von ganz Paris. Ohne Zweifel galt hier ein strenges Reglement mit entsprechend strengen Sicherheitsvorkehrungen, da der Typ mit dem Jaguar einen Code am Eingang eingeben und anschließend länger mit dem Mann an der Rezeption diskutieren musste, bevor er mit den drei erstklassigen Mädchen nach oben verschwinden konnte. Schließlich verschwanden sie zusammen hinter den bronzenen Türen eines Fahrstuhls im Rokoko-Stil. Die spitzen Absätze der Mädchen hatten Abdrücke auf dem purpurnen Teppich der Empfangshalle hinterlassen.
»Und jetzt? Was machen wir jetzt?« Fragend sah ich Pipo an, dem es gelungen war, ebenfalls am Boulevard Georges V. eine Parklücke zu finden.
»Hey, du hast es jetzt doch mit eigenen Augen gesehen. Oder willst du vielleicht, dass wir in das Zimmer von dem Typen hineinmarschieren, um zu sehen, ob sie nicht vielleicht doch nur Mensch-ärgere-dich-nicht oder Monopoly spielen?«
»Ach, hör auf, Pipo. So blöd bin ich nun auch wieder nicht. Ich kann mir Mimi nur einfach nicht da oben in voller Aktion vorstellen, das ist alles.«
Eigentlich wollte ich aus dem Auto aussteigen, doch dann fragte ich Pipo doch lieber, ob er mich nicht nach Hause bringen könnte. Ich hatte die Nase voll für heute Abend und wollte nichts mehr sehen und nichts mehr hören.

Ich war nachdenklich und verwirrt. Es störte mich nicht, dass Mimi dieser »Arbeit« nachging. Was mich wirklich störte, war, dass sie sich mir nicht anvertraut hatte.
Schon immer hatte ich unter Schlafstörungen gelitten. Es fällt mir schwer abends einzuschlafen, vor allem, wenn mir irgendetwas im Kopf herumspukt, was mir Sorgen bereitet. Ich kann die ganze Nacht neben dem Bett auf und ab rennen, ohne zu merken, dass schon der Morgen graut.
Als ich hörte, wie Mimi ihre Schlüssel ins Schloss steckte, hatte ich noch keine Sekunde geschlafen. Ich sah sie vor meinem inneren Auge in diesem Hotelzimmer, wie sie die Minibar öffnete, um irgendetwas zu trinken, das sie lockerer machte, während die anderen Mädchen sich mit dem Typen in einem runden Whirlpool aus Marmor vergnügten. Vermutlich hatte sie sich geweigert, zu den anderen in die Wanne zu steigen; Mimi war schon immer sehr auf Hygiene bedacht gewesen.
Ich versuchte mir vorzustellen, welche Geschichte sie mir heute erzählen würde, welche Lügen sie mir auftischen würde über eine nichtexistente Bar und die ebenso nichtexistenten Gäste, die dort verkehrten.
Ich spürte, wie sie vorsichtig die Decke anhob und sich ihr warmer Körper neben den meinen legte. Ich wollte sie so gerne umarmen, ihr sagen, dass alles in Ordnung war, dass ich sie gesehen hatte und dass ich wusste, wo sie die Nacht verbracht hatte. Ich hätte ihr gesagt, dass der Typ im Jaguar gar nicht so schlecht ausgesehen hatte und dass ich sie verstehen konnte … Ich konzentrierte mich auf ihre schnellen und heiseren Atemzüge. Wahrscheinlich hatte sie viel zu viel geraucht oder stundenlang lautstark

gestöhnt und geschrien, um dem Typen Leidenschaft vorzutäuschen und ihn zufrieden zu stellen. Ihr Körper wurde geschüttelt von mehreren Hustenanfällen und jedes Mal spürte ich die Hitzewellen, die dabei von ihr ausgingen. Ich drehte mich um und starrte mit offenen Augen ins Halbdunkel. Schon nach fünf Minuten hatten sich meine Augen an die Dunkelheit gewöhnt und die Konturen ihres Körpers und die Zartheit ihrer schimmernden Haut waren deutlich zu sehen.

Die Öffnung der Auster

Im Morgengrauen jenes Tages liebten wir uns. Es war das erste Mal, dass ich etwas mit einer Frau hatte, und ich muss zugeben, dass die Initiative möglicherweise sogar mehr von mir ausging.
Als ich mich nach dem Aufwachen zu ihr umdrehte, blickte mir Mimi unverwandt ins Gesicht. Ihre Augen glänzten und die verwischte Wimperntusche und die blassen Lippen, die erst wenige Stunden zuvor einen Kirsch-Lipgloss-Abdruck auf der Haut des Unbekannten im Georges V. hinterlassen hatten, ließen sie wie eine traurige Puppe aussehen. Ich näherte meine Hand ihrem Hals, denn ich wollte ihre Kehle fühlen und die Vibrationen ihrer Stimmbänder spüren. Doch sie fing meine Hand auf halbem Weg ab und begann, meine Finger zu küssen. Ich legte meinen Kopf auf ihr Kopfkissen, verließ also mein Territorium und betrat das ihre. Damit machte ich deutlich, dass ich bereit war, ein Angebot anzunehmen, das ich schon einmal abgelehnt hatte – nicht aus mangelnder Lust, sondern aus Angst vor dem Überschreiten einer Grenze.
Ich dachte, sie würde mich fragen, warum ich jetzt dazu bereit war und vor einigen Jahren nicht. Ich dachte, sie würde spüren, dass ich sie am Abend zuvor gesehen hatte. Ich gab ihr weder Zeit zu atmen noch zu denken, sondern zog sie fest in meine Arme und küsste sie.
Ihre Zunge bewegte sich fieberhaft in meinem Mund. Ich bemerkte, wie erschöpft sie war, doch sie brannte vor Sehn-

sucht nach mir und wollte nicht zulassen, dass ihre Müdigkeit ihre Leidenschaft schmälerte. Ihr Speichel war sehr klebrig. Ich vermutete, dass sie mehr als genug getrunken hatte und der Alkohol seine Wirkung in ihren Venen tat. Ich folgte den blauen Spuren der Adern auf ihrem Hals, die bei jedem Husten deutlich hervortraten. Mimi hatte immer schon stark ausgeprägte Venen gehabt. Zärtlich fuhr ich mit meiner Zunge über die Stelle zwischen Ober- und Unterarm und hörte Mimi etwas schneller atmen. Als ich mich ihren Innenschenkeln widmete, kitzelten mich die kurzen Haare ihrer rasierten Scham an der Wange.
Ich wollte verhindern, dass Alpträume sie heimsuchten, ich wollte all das Schlechte dieser Nacht ungeschehen machen, sie von dem Brechreiz befreien, der sie vermutlich in jenem Zimmer des Luxushotels mit dem Baldachin über dem Doppelbett überkommen hatte.
Die beinahe religiöse Andacht, die Mimi überkam, als sie sich zwischen meine Schenkel legte und meinen Unterleib streichelte, überraschte mich. Ihre Leidenschaft offenbarte sich in Stille. Ihr Atem, der nach Alkohol und Tabak roch, berauschte mich während der folgenden Stunden, die wir zusammen verbrachten.
Mich überraschte ihr Geruch. Sie roch ähnlich wie ich. Nein, nicht ähnlich – sie roch genau wie ich. Ich fühlte mich seltsam und erregt wie nie zuvor. Ihre langen Haare lagen auf meinen Schenkeln, und ich wusste, dass sie es war – ich musste mir keinen Mann vorstellen, um Verlangen zu empfinden.
Ihr Körper lag schließlich schwer auf meinen Rippen, wie ein gewaltiger Fels, in dem eine Diamantenmine verborgen lag, mit glänzenden, durchscheinenden und noch un-

geschliffenen Steinen, die wie sie in ihrem Innersten noch jungfräulich waren. Sie war erfüllt von einer Liebe, einer freiwilligen Hingabe und einer Leidenschaft, wie sie sie in den Armen eines Mannes niemals würde empfinden können.
Mimi war einfach atemberaubend und schien von innen heraus zu leuchten. So war es mir also in einer Sommernacht auf schweißnassen Baumwolllaken endlich gelungen, die verschlossene Auster zu öffnen und einen Blick auf die unvergleichlich schöne Perle in ihrem Inneren zu werfen.

Als wir später wieder erwachten, fühlten wir uns beide unsicher und gehemmt, insbesondere ich, da ich diese lesbische Seite in mir bislang nicht gekannt hatte und mich nun irgendwie schuldig fühlte. Ich war froh, dass Mimi so tat, als wäre nichts gewesen, und damit begann, wie jeden Morgen für uns Kaffee zu kochen. Wir verloren über die vergangenen Stunden kein Wort, doch Mimis Gesicht leuchtete vor Glück trotz der bemüht zur Schau getragenen Gleichgültigkeit.
Ich verschwand für eine ganze Weile im Bad, wo ich mich im Spiegel betrachtete und herauszufinden versuchte, wie ich mich denn ab jetzt Mimi gegenüber am besten verhalten sollte. Denn immerhin fühlte ich mich ebenfalls wohl in meiner Haut und glücklich nach diesem Erlebnis, und dieses ungewohnte Glücksgefühl ließ Schuldgefühle in mir aufsteigen. Mir kam der Gedanke, dass Glück für den Menschen möglicherweise nur zusammen mit Schuldgefühlen zu ertragen war und dass wir uns deshalb ständig so verzweifelt darum bemühten, unglücklich zu sein.

Ich beschloss, das Thema aus einem anderen Blickwinkel zu betrachten. Vermutlich fühlte ich mich schuldig, da das alles nur passiert war, weil ich Mimi am Abend zuvor mit den anderen Mädchen beobachtet hatte. Ich würde noch einmal mit Mimi ins Bett gehen, aber dieses Mal aus anderen Motiven. Ja, so wollte ich es machen.
Nachdem ich eine Stunde unter der Dusche gestanden hatte, fragte ich Mimi, wie denn ihre Schicht in der Bar gewesen sei, während ich meine Haare mit einem dicken, blauen Handtuch frottierte. Ihre Antwort kam ohne Zögern.
»Gut, ich meine, normal eben. Du weißt schon, immer das Gleiche. Ich steh hinter der Bar und bediene irgendwelche Schleimer und ihre schleimige Begleitung. Und du? Wie war's bei dir?«
Hätte ich sie gestern nicht mit eigenen Augen gesehen, hätte ich ihr sofort abgenommen, dass sie die ganze Nacht in der Bar gearbeitet hatte.
»Ich bin ein wenig mit Pipo in der Gegend herumgefahren.« Ich wusste nicht, was ich ihr sonst sagen hätte sollen, und das war wenigstens nicht gelogen.
»Und in welchen Sündenpfuhl hat er dich dieses Mal entführt?«, fragte sie ironisch.
Ich hatte große Lust, ihr die Wahrheit zu enthüllen, ihr zu sagen, dass wir ihr bis zum Georges V. gefolgt waren, doch ich wusste nicht wie. Ich hatte Angst vor ihrer Reaktion und so war ich nun die Lügnerin.
»Wir waren in einer ganz normalen Bar, Mimi. Nichts Anrüchiges, nichts Sündhaftes.«
»Also hört dieser Idiot endlich damit auf, dir gegenüber den Macho raushängen zu lassen?«

In ihren großen schwarzen Augen war ihre Wut deutlich zu lesen. Jedes Mal, wenn die Sprache auf Pipo kam, wurde sie so wütend.
Als Mimi ins Bad ging, nahm ich eine ihrer Mentholzigaretten aus der Packung und rauchte sie an. Ich hörte das Wasser in die Badewanne laufen und stellte mir vor, wie die Spuren, die der Typ im Hotel an Mimi hinterlassen hatte, zusammen mit dem Wasser wirbelnd durch den Ablauf verschwanden. Ich sah, wie Sperma und Haare, die die weiße Haut meines schwarzen Engels in der Nacht zuvor beschmutzt hatten, durch die rostigen Wasserleitungen des alten Hauses gespült wurden und in den stinkenden Kloaken von Paris verschwanden. Mit gespitzten Lippen blies ich mentholduftende Rauchkringel in die Luft, um diese Bilder aus meinem Kopf zu vertreiben.
Eingehüllt in einen dicken Bademantel kehrte Mimi aus dem Bad zurück und lächelte mich an.
»Mimi ... gestern ... Ich hab dich gesehen ...«
Die Worte waren mir einfach über die Lippen geschlüpft, ich konnte nichts dagegen tun. Mimi hingegen schenkte ihnen keine Beachtung, oder möglicherweise hatte sie einfach nicht gehört, was ich mit leiser, zärtlicher Stimme und ein wenig vorgespielter Scham vor mich hin geflüstert hatte. Sie wandte sich zur Küche und ich folgte ihr wie ein Hund seinem Herrn.
»Mimi, hast du gehört, was ich gesagt habe?«
Sie drehte sich um, kam zu mir und gab mir einen Kuss auf die Wange.
»Entschuldige bitte, was hast du gesagt?« Noch immer lächelnd sah sie mich an.

»Ich habe dich gestern gesehen.«
»Was soll das heißen, du hast mich gestern gesehen?« Ihr unschuldiger Ausdruck im Gesicht blieb unverändert.
»Na ja – gestern ... Pipo ...« Ich atmete tief durch. »Ich war mit Pipo am Place de la Concorde und dort ...«
Nie hätte ich gedacht, dass es mir jemals so schwer fallen könnte, irgendwelche Worte über die Lippen zu bringen. Ich holte noch einmal tief Luft und sprach weiter, während Mimis Gesicht von einer Sekunde auf die andere jegliche Farbe verlor.
»Ich hab dich dort gesehen – mit den anderen Mädchen.«
»Und was hast du gesehen, Val?« Ihre feste Stimme klang nun ganz anders.
»Ich hab gesehen, wie du mit den anderen dort gewartet hast ...«
»Und?«
»Das waren doch Prostituierte, oder nicht?«
»Fragst du mich das oder ist das eine Feststellung?« Ihre Stimme troff nun vor Sarkasmus.
»Pipo meinte ...«
»Ach, hör doch endlich auf mit diesem Pipo! Er hat dich doch dorthin gebracht, um dich mit der Nase darauf zu stoßen, dass ich dort unterwegs war. Das stimmt doch, oder etwa nicht?«
»Nein, das stimmt nicht. Er wollte nur ...«
»Warum kümmert er sich nicht um seine eigenen Angelegenheiten und hält seine Nase raus aus Dingen, die ihn absolut nichts angehen!«
Mimi war extrem wütend und ich fühlte mich schrecklich, denn ich wollte die ganze Sache unbedingt ausdis-

kutieren, nachdem wir dieses Gespräch nun schon einmal begonnen hatten. Mimi hingegen machte sich daran, die beiden Tassen unter laufendem Wasser abzuspülen und noch einmal Kaffee zu kochen.

»Pipo hat sich nicht in dein Leben eingemischt, Mimi. Wir sind dort aus reinem Zufall vorbeigefahren und ...«

»Aus reinem Zufall, ja?« Zornentbrannt gab sie zwei Löffel Instantkaffee in die Tassen.

Ihr überhebliches Gehabe wurde noch deutlicher, als wir beide nichts mehr sagten und nur mehr das metallische Klappern der Löffel zu hören war. Ich wusste nicht, wie wir das Gespräch ohne Streit fortsetzen sollten.

»Ich möchte nur, dass du weißt, dass es mir nichts ausmacht.« Meine Stimme klang brüsk, mein Tonfall übertrieben verständnisvoll.

»Was genau macht dir nichts aus, Val?« Mimi war außer sich. Vielleicht wollte sie mich einschüchtern, um dem Gespräch ein Ende zu bereiten. Doch wenn sie auf stur schalten wollte, nun – das konnte ich auch.

»Komm schon, Mimi. Bitte mach es mir doch nicht so schwer.«

Kaltblütig begann Mimi mir irgendwelche Erklärungen zu geben, die nicht einmal für sie selbst glaubhaft klingen konnten.

»Ich habe gestern einige Freundinnen von mir begleitet, die als Prostituierte arbeiten. Na und? Ich hab sie begleitet – mehr nicht.«

»Und in der Bar lassen sie dich während deiner Schicht einfach so weg?«

»Sicher.«

»Und du hast sie sogar bis in den Jaguar hinein begleitet?«, schnauzte ich sie an, ohne den Blick vom Boden zu heben.

»Val, lassen wir's gut sein. Nur weil wir heute Nacht eine Nummer geschoben haben, glaube ja nicht, dass du das Recht hast, dich in mein Leben einzumischen.«

»Eine Nummer geschoben? Das nennst du eine Nummer schieben? Es war viel mehr als das, Mimi. Oder hat es dir vielleicht nicht gefallen?«

Mimi schwieg. Mit ihrer Gleichgültigkeit wollte sie mich verletzen, damit ich ein für alle Mal aufhörte, sie über ihre nächtlichen Aktivitäten auszufragen.

»Du stehst doch gar nicht auf Frauen«, sagte sie dann. »Also war das heute nicht mehr als irgendeine x-beliebige Nummer – Punkt. Nur ein Sex-Ding – ob Frau oder Mann, spielt da doch keine große Rolle.«

Ich fühlte mich sterbenselend. Mimi war echt fies zu mir und das Gespräch führte zu nichts. Sie setzte alles daran, vom eigentlichen Thema abzulenken, und das war etwas, das sie wirklich gut konnte. Schon immer hatte sie sich wie eine Kobra aus jeder schwierigen Situation herausgewunden. Ihre Sprachgewandtheit raubte mir den letzten Nerv, doch ich beschloss, mich nicht beirren zu lassen, und ignorierte ihre Versuche, das Thema auf unsere gemeinsame Nacht zu lenken.

Ich wappnete mich innerlich gegen ihre verbalen Attacken, denn ich wollte sie nun so lange ausfragen, bis sie es müde wurde. Ich brauchte ihr Eingeständnis, ich musste wissen, warum sie sich mir nicht schon vorher anvertraut hatte.

»Du hast Recht. Ich steh nicht auf Frauen. Doch das gestern mit uns war wunderschön, zumindest für mich. Und du? Du stehst doch auch nicht auf Männer und trotzdem steigst du mit ihnen ins Bett. Du immer mit deinem Feministinnen-Gerede und deinem Gezeter gegen die Männer! Und du? Was machst du? O Wunder, lässt dich von ihnen besteigen! Aber willst du wissen, was wirklich das Schlimmste ist?«

Mimi starrte mich an, scheinbar überrascht von meinem verbalen Direktangriff.

»Das Schlimmste, Mimi, ist, dass du es nicht einmal jetzt zugibst. Du weißt genau, dass wir dich gestern gesehen haben, und trotzdem streitest du alles ab. Das ist echt nicht zu fassen.«

Das Wasser im Kessel kochte nun und Mimi drehte die Gasflamme ab. Ich schwieg, während Mimi die heiße Flüssigkeit in die Tassen goss. Auf der Oberfläche schwammen einige Krümel löslicher Kaffee und sie rührte noch einmal um, um sie aufzulösen und Zeit zu gewinnen. Ich trank den Kaffee viel zu schnell und verbrannte mir dabei die Lippen. Vor lauter Wut hatte ich nicht aufgepasst. Mimi erging es nicht anders, danach stand sie auf und ging in das andere Zimmer. Innerhalb kürzester Zeit hatte sie sich angezogen, den Schlüssel geschnappt und war, ohne sich von mir zu verabschieden, aus der Wohnung verschwunden.

Das Eingeständnis

Pipo erwartete mich auf der Terrasse einer Bar an den Champs-Elysées. Ich war zu spät dran und er ließ es mich deutlich spüren.

»Ich warte seit mehr als einer halben Stunde auf dich. Das nächste Mal hau ich ab und du kannst dir die Zeit allein vertreiben.«

Ich sagte gar nichts. Pipo hatte eindeutig schlechte Laune und nach meinem Streit mit Mimi hatte ich überhaupt keine Lust auf irgendwelche weiteren Diskussionen. Ich rief den Kellner und bestellte einen Whisky auf Eis. Pipo bemerkte, dass irgendetwas nicht stimmte.

»Hast du schon mit deiner Madagassen-Freundin geredet? Hat sie's zugegeben?«

»Warum nennst du sie ›Madagassen-Freundin‹? Sie hat einen Namen.« Verärgert suchte ich in meiner Tasche nach der Zigarettenpackung.

»Kommt deine Freundin nicht aus Madagaskar?«

»Doch.«

»Und wie heißen die Einwohner von Madagaskar?«

»Madagassen.«

»Also?«

Pipo blies mir den Rauch der Zigarre, die er gerade rauchte, mitten ins Gesicht. Offensichtlich versuchte er, mich zu provozieren, doch ich wedelte den Qualm gleichgültig beiseite.

»Wenn du jemanden so nennst, obwohl du ihn kennst,

klingt das nicht gerade höflich. Es ist unpersönlich. Ich weiß, dass du sie absichtlich so nennst, Pipo.«
»Nein, ehrlich nicht. Noch dazu, wo ich sie gern mag. Sie ist doch diejenige, die mich nicht ausstehen kann.«
Mit Hilfe einer Kippe, die sich bereits im Aschenbecher befand, machte er seine Zigarre aus.
»Ich weiß nicht, warum das so ist. Ich versteh's nicht. Ich hab deiner Madagassen-Freundin überhaupt nichts getan.« Aus reiner Bosheit weigerte er sich weiterhin, Mimi bei ihrem Namen zu nennen.
Ich begann die Touristen zu beobachten, die die Champs-Elysées bevölkerten. Es waren heute mehr Leute unterwegs als gestern und an den vorhergehenden Abenden und mir wurde übel. Paris im Juli war beinahe ebenso unerträglich wie die zu diesem Zeitpunkt von italienischen Touristen in Beschlag genommene Côte d'Azur. Ein Blick in Richtung Arc de Triomphe zeigte eine gewaltige Menschenmasse, die sich langsam, aber stetig vorwärts wälzte. Hoffentlich überstand die berühmteste aller Straßen diesen gewaltigen Andrang, ohne größeren Schaden zu nehmen.
»Wenn du es genau wissen willst«, setzte Pipo die Unterhaltung fort, »ich hätte nichts dagegen, mit deiner Freundin …«
»Was?«, fragte ich wütend.
»Ach, du weißt schon, was ich meine. Es ist mehr als offensichtlich, dass deine Freundin gut im Bett ist. Das springt einem ja förmlich ins Auge.«
»Vergiss es, Pipo. Du hast bei ihr keine Chance.«
Ich dachte nicht daran, ihm – nachdem er schon herausgefunden hatte, dass sie als Prostituierte arbeitete – mit-

zuteilen, dass Mimi lesbisch war. Auch nicht, dass sie eigentlich auf mich stand und er ganz sicher nie in ihrem Bett landen würde. Und auch nicht, dass ich gerade mit ihr im Bett gewesen war.
»Verkuppeln ist wohl nicht deine Stärke, was? Was ist los mit dir? Du bist doch nicht etwa eifersüchtig?«
»Ich, eifersüchtig?« Ich begann zu lachen. »Also ehrlich! Ich und eifersüchtig! Was für ein Schwachsinn!«
Und das stimmte auch. Ich war nicht eifersüchtig, sondern höchstens ein wenig traurig darüber, dass Pipo offenbar etwas von Mimi wollte, während er mir gegenüber noch überhaupt kein Interesse bekundet hatte. Nun war ich noch mehr davon überzeugt, dass es besser war, ihm nichts von meiner Nacht mit Mimi zu erzählen. Ich kam mir vor wie ein Feigling – in doppelter Hinsicht, sowohl Mimi als auch Pipo gegenüber. Doch warum sollte ich eine Sache noch komplizierter machen, die ohnehin schon so verworren war? Ich wechselte das Thema und erzählte ihm von dem Streit, den ich am Morgen mit Mimi gehabt hatte.
»Warum weigert sie sich, dir die Wahrheit zu sagen, obwohl sie weiß, dass wir sie dort gesehen haben?«, fragte er und sah mich dabei ernst an.
»Mimi hatte immer schon ihren Stolz. Ich denke, dass sie sich schämt. Das versteh ich auch. Aber ich fühl mich echt schlecht, immerhin bin ich schon seit Jahren ihre Freundin.«
Während ich trank, vergaß Pipo plötzlich seine schlechte Laune und tat etwas völlig Überraschendes. Er nahm ganz zärtlich meine Hand und legte sie in seine.
»Weißt du was? Ich denke, dass du eine tolle Freundin bist.«

Ich lächelte ihn an. Ich wartete nun schon so lange auf eine zärtliche Geste von ihm. Seine Finger streichelten sanft über die Fläche meiner Hand und instinktiv drückte ich ein wenig zu.
»Wie sieht es aus? Möchtest du heute lieber im Zentrum bleiben oder hast du Lust, mit mir zusammen einen ganz speziellen Ort aufzusuchen, wo du deine ganze Wut abreagieren kannst?«
Ich musste lachen. Wütend – ich? Wohin wollte er mich wohl dieses Mal entführen? »Wow, scheinbar hast du dir ja schon deine Gedanken gemacht. Was hast du dieses Mal geplant?«
Seine Hand drückte die meine fester und ich spürte die Hitzewellen der Straße über uns hinwegwallen. Ich fühlte mich von Pipo unwiderstehlich angezogen. Die Nacht war wunderschön und er nun offenbar in äußerst romantischer Stimmung. Die Sterne strahlten am klaren Himmel über der Stadt. Der Horizont zeichnete sich deutlich ab und war frei von der rostbraunen Färbung, die infolge der starken Luftverschmutzung sonst so häufig über der Stadt lag. Die saubere, frische Luft lud dazu ein, die Nacht auf einer Terrasse unter freiem Himmel zu verbringen, doch ich bemerkte Pipos innere Unruhe. Er wollte weg von hier, und erneut beschloss ich aus Gründen, die ich nicht bewusst benennen konnte, mich seinem Willen zu fügen und ihm zu folgen.

Die Gottesanbeterin

Der Sadomaso-Tempel befand sich im elften Bezirk, der zu den belebtesten Vierteln von Paris zählte, nicht weit entfernt vom Boulevard Voltaire.

Auf Pipos Bitten hin trug ich ein hautenges Kleid, dessen dünner Stoff in elektrisierendem Blau äußerst sexy und aufreizend wirkte. Sich derart zu kleiden gehörte zum Dresscode des Ladens, wie Pipo mich informierte. Befolgte man ihn nicht, blieb einem der Zutritt verwehrt. Da ich nur Jeans getragen hatte und somit weit davon entfernt gewesen war, den speziellen Ansprüchen dieses Clubs zu genügen, fuhr mich Pipo noch einmal nach Hause, damit ich mich umziehen konnte. Das Outfit war essentieller Bestandteil dieser Szene, und als Neuling hatte man ohne einen »Fürsprecher« kaum die Möglichkeit, in so einen Club hineinzugelangen. Der Club, den wir besuchen wollten, war weniger privat, eher ein geschlossener Zirkel, aber Pipo, der solcherlei Orte scheinbar öfters besuchte, kannte sich hier bestens aus. Er erklärte mir, dass er zwar ab und zu hierher kam, jedoch ohne an den »Spielchen« teilzunehmen. »Ich bin nur Beobachter, nicht mehr. Ich zahle, um die anderen auf ihren eigenen Wunsch hin leiden zu sehen. Keine Sorge. Ich bin normal. Es sind die anderen, die ein Problem haben.«

Pipo hörte nicht auf, sich mir gegenüber für sein Verhalten zu rechtfertigen. Doch für mich bedeutete beobachten auch teilnehmen. Sich in diese Welt zu begeben hieß, sich

zu wünschen, ein Teil davon zu sein, und wenn es nur für einen kurzen Augenblick war.
Tief in seinem Innersten war Pipo ein Sadist. Ich wusste nur noch nicht, ob diese Seite an ihm sich gegen andere oder gegen ihn selbst richtete.
Die Herrin des Hauses arbeitete unter dem Namen »Die schöne Nutte«. In einem extrem eng geschnürten Korsett aus Leder empfing sie uns – scheinbar als Teil des Spiels – mit harschem Ton und strengem Gesicht. Sie fragte, ob wir für den Abend spezielle Wünsche hätten, ob wir als dominantes Paar kämen oder ob einer von uns der Untergebene und der andere der Dominante wäre ... Es war die reinste Fragestunde, bevor sie uns den Weg in ihre »Folterkammer« freigab. Es war Pipo, der ihre Fragen beantwortete, während ich meinen Mund hielt.
Wir kämen nur hierher, um zuzusehen, wahrscheinlich würden wir uns nicht aktiv beteiligen, ja, wir wären noch in der Lernphase, insbesondere ich, wobei er mit dem Finger auf mich zeigte, als wäre ich irgendein Ding, das er hierher mitgenommen hatte.
Die Herrin des Hauses hatte einen gewaltigen »Vorbau«, auf den sie offensichtlich sehr stolz war. Selbstbewusst streckte sie ihren Busen nach vorn und stakste hoch erhobenen Hauptes auf ihren Stöckelschuhen herum, deren Bleistiftabsätze scharf wie Rasierklingen waren. Um ihr rechtes Handgelenk hatte sie eine Peitsche als Armband gewickelt, ein weiteres Accessoire an diesem voluminösen, beängstigend fest in das schwarze Korsett eingeschnürten Körper.
Verärgert starrte sie mich an und zeigte auf mein Kleid. »Hier ist nur Schwarz erlaubt, Leder oder Latex.« Doch

trotz ihres strengen Blickes und der Tatsache, dass ich in ihren Augen nicht passend gekleidet war, ließ sie uns schließlich eintreten. Als sie anbot, uns herumzuführen und uns die verschiedenen »Abteilungen« zu zeigen, wimmelte Pipo sie schnell ab, indem er ihr erklärte, dass er ja zuvor schon einmal Gast dieses Etablissements gewesen sei und sich daher bereits auskannte.

»Leid hat im Grunde genommen viel mit Würde zu tun – besteht doch unser ganzes Leben aus nichts anderem! Weißt du, ich verstehe die Typen, die hierher kommen. Je älter man wird, umso mehr leidet man. Hier wird das Leiden wenigstens bewusst in Kauf genommen und erlebt«, erklärte mir Pipo mit einer gewissen Gleichgültigkeit.

Unser Leben nur darauf zu reduzieren, wo wir noch mehr als die Hälfte davon vor uns hatten, erschien mir ziemlich traurig. Ich widersprach: »Wenn du das Leid richtiggehend suchst, wirst du immer unglücklich sein. Um glücklich zu sein, muss man es wollen. Und wenn es nur ein bisschen ist.«

Pipo starrte mich plötzlich unbewegt an. Seine Augen waren feucht und ich hatte den Eindruck, er würde auf der Stelle losheulen.

»Ich wollte glücklich sein mit Isabelle. Ich habe sie geliebt, mit allem, was ich hatte. Oh, ich wollte es so sehr. Aber es hat einfach nicht funktioniert und ich wurde zum unglücklichsten Menschen auf diesem Planeten.«

Die Worte waren regelrecht aus ihm herausgesprudelt, doch als ich nun nachhakte und ihn fragte, was er denn damit meinte, wollte er mir nicht antworten. Stattdessen packte er mich grob beim Arm und schob mich in Richtung Eingang.

Im Salon, der durch einen scharlachroten Vorhang vom Eingangsbereich getrennt war, beschimpfte eine junge, extrem gekleidete Domina einen alten Mann, der hierher gekommen war, um noch den letzten Rest der menschlichen Verderbtheit auszukosten. Eine Sadomaso-Einheit sei in manchen Fällen eine gute Behandlungsmethode bei Alzheimer, erklärte mir Pipo, und weniger abschreckend als ein Elektroschock. »Betrachte es also als etwas Positives«, fügte er hinzu, als er meinen angewiderten Gesichtsausdruck sah. »Oder als eine Möglichkeit, dem armen Mann endgültig den Rest zu geben«, konterte ich.

Ich war mir sicher, dass Mimi das auch so sehen würde …

Die Räumlichkeiten des Clubs, die an einen Gewölbekeller mit versteckten Nischen und Zimmern erinnerten, waren den speziellen Ansprüchen der Gäste entsprechend eingerichtet. Es gab »Spielzeug« aller Art und ein beeindruckendes Andreaskreuz harrte auf leidenswillige Opfer.

»Weißt du, ich habe mich schon immer gefragt, warum das Männchen der Gottesanbeterinnen das Weibchen begattet, obwohl es schon vorher weiß, dass es anschließend aufgefressen wird.«

»Willst du damit sagen, wir sind nicht die einzige Spezies, die Sadomaso-Sex betreibt?«

»Genau. Wie du siehst, gibt es auch noch andere, die so veranlagt sind.«

»Wie die Gottesanbeterin?«

»Ja, genau. Ich folgere daraus, dass wir doch nicht ganz so abartig sind. Die Natur war schon immer grausam.« Sein Tonfall war noch immer beängstigend gleichgültig.

»Du willst doch nicht etwa sagen, dass wir evolutions-

technisch gesehen von der Gottesanbeterin abstammen?«, fragte ich scherzend.
Es war klar, dass Pipo mich auf den Arm nehmen wollte. Oder er versuchte mich zu provozieren, um meine Reaktionen auszutesten.
»Ebenso wie von der Schwarzen Witwe«, vervollständigte er meinen Satz. »Sieh mal da drüben.«
Er nahm mich am Arm und zeigte auf eine Frau, deren Gesicht von einem schwarzen Schleier verhüllt war. Offensichtlich versuchte sie ihre Trauer zu bewältigen, indem sie einen jungen Sklaven bestrafte, der auf einem Zahnarztsessel saß.
»Einmal im Monat werden hier Sklaven verkauft. Stell dir vor. Es gibt eine Reihe von Managern, die mit ihren Sekretärinnen hierher kommen, um sie für Spielgeld an den Meistbietenden zu verkaufen.«
»Ach, Pipo. Hör doch mit dem Unsinn auf.«
»Nein, ehrlich. Es ist ein Spiel – niemand wird zu etwas gezwungen.«
»Das klingt trotzdem unglaublich.«
»Glaub mir. Das ist hier total alltäglich.«
»Vielleicht für dich. Ich kann an dem Ganzen hier überhaupt nichts Aufregendes oder Interessantes finden. Bitte, Pipo, ich möchte gehen. Komm schon.«
Nachdem wir den Club verlassen hatten und eine Weile schweigend dahinspaziert waren, überraschte mich Pipo mit einer unerwarteten Frage.
»Warum kämpfst du gegen dich selbst, Val?«
»Was willst du damit sagen?«
»Du würdest eine erstklassige Domina abgeben, weißt du?«

»Was redest du jetzt schon wieder für einen Unsinn?« Ich wusste nicht, worauf er hinauswollte.
»Im Club … Ich hab den Ausdruck in deinen Augen gesehen, als du die Leute dort beobachtet hast.«
Nun, Angriff ist bekanntlich ja die beste Verteidigung.
»Vielleicht würde es dir ja gefallen, wenn ich eine erstklassige Domina wäre. Was ist los mit dir, hm? Würde es dir gefallen, wenn ich dich ein wenig quälen würde? Brauchst du eine Herrin in deinem Leben, die dir sagt, wo's langgeht, oder was? Ist es das?«
»Komm schon, Val. Merkst du denn gar nichts? Sogar jetzt in diesem Moment steht dir deine sadistische Ader deutlich ins Gesicht geschrieben. Also wer hat nun Recht von uns beiden?« Seine Stimme troff vor Ironie.
Damals hätte ich es mir nie vorstellen können, doch einige Jahre später begab ich mich aus purer Lust tatsächlich in diese Welt. Ich lernte die wahren Motive eines Masochisten verstehen und dass der Schlüssel für eine derartige Beziehung immer in der Figur des Erniedrigten zu suchen ist. Und dass der äußere Schein stets trügt.
Während wir zum Taxi zurückgingen, bemerkte ich, wie sich Pipos Gesichtsausdruck plötzlich veränderte. Nach einem kurzen Blick auf seine Uhr teilte er mir mit, er hätte es eilig und wir müssten losfahren. Eine weitere Nacht also, die wir zusammen verbracht hatten, ohne dass er in irgendeiner Form Interesse an mir gezeigt hätte. Wann würde er sich und seine Absichten endlich zu erkennen geben? War ich ihm wirklich so gleichgültig, dass er noch nicht einmal einen Flirt riskierte?

Einsamkeit

Als Pipo mich vor Mimis Haustür absetzte, meinte er nur, dass er schon extrem müde sei. Normalerweise versuchte er stets, mich noch ein wenig zum Bleiben zu überreden, doch heute nicht. Er drängte mich nahezu aus dem neuen Taxi, das ihm seine Firma zur Verfügung gestellt hatte – ich kam mir vor wie ein x-beliebiger Fahrgast. Mit voller Geschwindigkeit brauste er in die Nacht davon. Vermutlich hatten ihm meine Kommentare im Sadomaso-Club überhaupt nicht zugesagt. Vielleicht hatte er nach dem heutigen Abend bemerkt, dass wir kaum etwas gemeinsam hatten, abgesehen von dieser unstillbaren Neugier, die uns beide antrieb. Ich war traurig und brauchte unbedingt jemanden zum Reden, doch Mimi war um diese Zeit noch nicht zu Hause.

Als sie endlich heimkam und das Licht einschaltete, zeigte die Uhr fünf Uhr morgens. Ich konnte nicht anders, ich musste mich umdrehen und ihr ins Gesicht sehen. Allem Anschein nach hatte sie nicht vor, sich bei mir dafür zu entschuldigen, dass sie mich geweckt hatte. Stattdessen starrte sie mir direkt ins Gesicht und ich sah ihre verschwollenen Augen. Ich war mir sicher, dass sie jeden Moment anfangen würde zu weinen, und tatsächlich brach ihre Stimme, als sie nun zu sprechen begann.

»Letzte Nacht, das war nicht nur eine Nummer für mich, Val. Ich hab das nur gesagt, weil … weil ich dir wehtun wollte.«

Ich setzte mich im Bett auf, während sie vor mir stehen blieb.
»Es war nicht nur irgendeine Nummer ... Es war sehr schön und ...«
»Schhhhh«, machte ich und kroch näher an sie heran.
»Und ich möchte, dass du das weißt. Das ist alles.«
Ich sah, wie sie leise weinte. Nur eine Minute, nicht mehr, denn sie war viel zu stolz, um länger herumzuschluchzen. Ich kam noch näher an sie heran und drückte sie wie ein kleines Kind an mich. Mimi machte keinerlei Anstalten, aus meiner Umarmung zu entfliehen. Oder war sie diejenige, die mich umarmte?
»Wie war's heute Nacht?« Ich wollte das Thema wechseln und sie von ihrer Traurigkeit ablenken.
»Hast du Lust, dich mit mir zusammen zu betrinken?«, fragte sie mich, während sie mit zwei Fingern unter ihren Augen entlangfuhr, um sich die Tränen wegzuwischen.
Sie zog die Jacke ihres wunderschönen Baumwollkostüms aus und verschwand in der Küche, um nach der Whiskyflasche zu suchen.
»Ja, klar!«, rief ich ihr aufgekratzt hinterher.
Die Eiswürfel krachten wie zerberstende Gletscher, als der Alkohol ins Glas schwappte. Mimi schenkte mit sicherer Hand ein und achtete darauf, nicht einen Tropfen auf die Laken zu verschwenden. Ich sah, wie sie lächelte, und dieser Anblick erfüllte mich mit Freude. Wir tranken auf Paris und auf uns, und Mimi konnte sich nicht verkneifen hinzuzufügen: »Und zum Teufel mit allen Männern!«
Ihr Hass auf Männer ließ sich eben einfach nicht unterdrücken. Ich trank und sagte gar nichts. Ich wollte sie auch nicht noch einmal danach fragen, wie die Nacht ge-

laufen war, denn sie kam mir in diesem Moment extrem verletzlich und sensibel vor.
Wir küssten uns. Und es war wunderschön. Ich spürte nur den sanften Druck ihrer Lippen auf den meinen und nie gekannte Gefühle wurden in mir wach. Ich flüsterte es ihr ins Ohr.
»Ich weiß ...«, hauchte sie, während ihre Lippen weiter zart über meinen Mund strichen. Mit einem Mal war das Leben auf diesem Planeten wieder wundervoll. Unzählige Nervenenden in jedem Quadratmillimeter meines Körpers erwachten plötzlich neu und meine Neugier auf das Leben war wieder geweckt.
»Was hast du vor?«, fragte sie überrascht, als ich ihr Haar anhob.
Ich wollte etwas herausfinden. Ich umfasste ihre lange, schwarze Mähne mit meinen Fingern, sammelte sie zu einem Schopf und schob meine Hand in ihren Nacken. Ich wollte diesen zarten Flaum fühlen, der mich schon in jener Nacht fasziniert hatte, als ich mich im Bett zu ihr umgedreht hatte. Er fühlte sich genauso an, wie ich es mir vorgestellt hatte: weich wie Federn und fein und glatt, sogar wenn ich ihn gegen den Wuchs streichelte. Die zarten Härchen fühlten sich jung an, da sie gerade erst anfingen zu wachsen. Es gefiel mir immer besser, mit meinen Fingern darüber zu streichen ... Ich fühlte mich wie auf einer bauschigen Wolke, meilenweit von der Erde entfernt, und ich hatte keine Lust, jemals wieder auf den Boden der Realität zurückzukehren. Mimis Lächeln war wie der endlose Himmel für mich.
Der Alkohol hatte meine Hemmungen schwinden lassen und Mimis eiskalte Hand auf meiner linken Brust er-

schreckte mich nicht. Im Normalfall hätte ich ihre Hand abrupt weggeschoben und wäre allein schlafen gegangen, doch der Alkohol hatte meine Sinne umnebelt und meine Perspektiven verschoben.
Wir streichelten uns gegenseitig und unsere Berührungen tanzten auf der Haut in vollkommener Harmonie. Unser Rhythmus folgte derselben Melodie, und wir verschmolzen zu einer einzigen Person, deren Körper uns beiden bis ins kleinste Detail vertraut war. Wir folgten und führten einander abwechselnd, und unser heftiger und schneller Atem erfüllte die Räume des Pariser Appartements und durchdrang seine Gipskartonwände.
Danach schlief ich ein wenig. Obwohl ich entspannt und in gemütlicher Position dalag, meine Beine mit Mimis verschlungen, hatte ich einen schrecklichen Alptraum. Ich wachte schweißgebadet auf und ging sofort zum Telefon, um Pipo anzurufen. Ich musste ihn so schnell wie möglich sehen und ihm von meinem Traum erzählen.
»Heute Abend?«, fragte er. »Hm, ich weiß nicht. Ich muss erst mal sehen, wie ich das auf die Reihe kriege.«
»Du hast doch am Abend immer frei. Was soll das also heißen, ›ich muss erst mal sehen‹? Verdammt, Pipo! Ich muss mit dir reden.«
Mimi trat von hinten an mich heran und strich mir über den Arm, um mich zu beruhigen. Es fehlte nicht mehr viel und ich hätte ins Telefon geschrien.
»Tja«, lautete Pipos Antwort, »ich ruf dich später noch einmal an, wenn ich weiß, ob ich mich freimachen kann.«
Dann legte er auf.
Ich weiß nicht mehr genau, ob es in jener Nacht anfing,

auf jeden Fall bekam ich allmählich das Gefühl, dass hier irgendetwas furchtbar schief lief. Pipo schien etwas vor mir zu verbergen. Offensichtlich hatten Mimis Zärtlichkeiten meine Sensibilität, derer ich mich stets rühmte, noch verstärkt.
Pipo hielt sein Versprechen. Er rief mich am Abend noch einmal an und teilte mir mit, dass er keine Zeit für mich hätte. Es gäbe andere Verpflichtungen, die ihn in Anspruch nähmen, sagte er.
In jenem Sommer begann ich, angeregt durch Mimis Vorbild, mit Alkohol und Schlaftabletten herumzuexperimentieren. Die Wärme des Whiskys tröstete mein Herz und bewahrte mich vor schlaflosen, einsamen Nächten. Ich hörte nicht einmal den Lärm der Metro, die ab sechs Uhr morgens unter unserem Haus durchbrauste und die Wände erzittern ließ. Stattdessen vibrierte mein Körper, als stünde er unter Strom, und mein ganzes Sein schwebte im alkoholgeschwängerten Nichts wie in einem dieser unzusammenhängenden Träume, die einem im Kopf herumschwirren, bevor der Rausch endgültig alle Sinne vernebelt.
Nach dem zweiten Anruf von Pipo setzte ich mich hin, um zu schreiben. Ich wusste nicht, was ich sonst tun sollte. Mimi kam herein und beugte sich über meine Schulter, um einen Blick auf meinen Computer zu werfen. Ich spürte ihre Wärme in meinem Nacken und drückte schnell eine Taste, um das, was ich geschrieben hatte, vom Bildschirm verschwinden zu lassen. Ich wollte nicht, dass sie etwas von mir las.
»Widmest du dich neuerdings der Poesie?« Fragend sah sie mich an.

»Was machst du eigentlich hier?«, fragte ich sie überrascht. »Solltest du heute nicht arbeiten?«
»Nö, heute nicht. Ich hab beschlossen, mir eine Woche freizunehmen und zu Hause zu bleiben. Und du? Wolltest du nicht heute Abend mit Pipo losziehen?«
Ich zündete mir eine Zigarette an, um Zeit zu gewinnen und Mimis Neugier auf etwas anderes zu lenken. Doch es klappte nicht. Fragend starrte sie mich immer noch an.
»Er hat unser Date für heute abgesagt«, antwortete ich, eingehüllt in eine bläuliche Rauchwolke.
»Du meinst, er hat dich versetzt.«
Ich weiß nicht, wie Mimi es schaffte, aber sie erwischte einen stets dort, wo es am meisten schmerzte. Tatsächlich wäre es mir lieber gewesen, Pipo hätte mich wirklich versetzt. Doch er hatte ja früh genug angerufen, um abzusagen, was bedeutete, dass er nicht einmal einen Moment lang in Erwägung gezogen hatte, sich heute doch noch mit mir zu treffen. Hätte er mich versetzt, wäre wenigstens noch Raum für Zweifel geblieben. Ich hätte mir vormachen können, dass er mich zwar gerne gesehen hätte, dass ihm aber leider etwas in letzter Minute dazwischengekommen war, sodass er mich nicht einmal mehr rechtzeitig anrufen konnte. Aber Pipo hatte mich nicht versetzt – was er getan hatte, war viel schlimmer: Er hatte mir deutlich zu verstehen gegeben, dass er Besseres zu tun hatte.
Ich hatte den ganzen Nachmittag auf seinen Anruf gewartet und war in dieser Zeit zu einer Pyromanin mutiert, die eine Zigarette nach der anderen rauchte und das Feuerzeug gar nicht mehr aus der Hand legte. Die Eisenstangen des Gitters um den vier mal fünf Meter großen

Balkon hatten durch das ständige Ausdrücken der Glut bereits erste Spuren davongetragen und legten Zeugnis von meinem Gemütszustand ab.
Ich fühlte mich total einsam, was für mich nichts Neues war, und wischte mir mit dem Handrücken den Lippenstift vom Mund, den ich zuvor extra aufgetragen hatte. Was hatte es noch für einen Sinn, sich hübsch zu machen? Ich spürte von irgendwoher einen Luftzug, er umfing mich und stürzte mich in Melancholie. Wo war Pipo heute Nacht?
Ich quatschte ein wenig mit Mimi und wir kippten uns wieder einige Gläser hinter die Binde. Gegen elf Uhr läutete plötzlich das Telefon. Im Gegensatz zu mir war Mimi noch in der Lage aufzustehen und den Hörer abzuheben. Ich selbst sah alles nur noch verschwommen.
»Oh … hallo, Pipo!« Mimis Gesichtsausdruck veränderte sich schlagartig, als sie den Namen hörte.
Mit der Hand signalisierte ich ihr ein deutliches Nein und unterstrich es noch mit einem Kopfschütteln.
»Äh … Es tut mir Leid, Pipo, aber sie schläft schon. Ich denke nicht, dass sie heute noch Lust hat, auszugehen. Hey, sie schläft wirklich tief und fest wie ein Baby.«
Während Mimi schamlos draufloslog, zwirbelte sie das Telefonkabel um ihre Finger. »Ja, besser, du rufst morgen wieder an.«
Dann legte sie auf.
Ich starrte sie an und musste plötzlich laut rülpsen, woraufhin Mimi hysterisch zu lachen begann.
»Besser hätte ich es auch nicht sagen können«, stieß sie vor Lachen ganz atemlos hervor. »Zum Teufel mit ihnen!«
Sie ließ sich aufs Bett fallen.

»Was wollte er denn?«
»Er wollte wissen, ob du heute noch Lust hast, mit ihm loszuziehen.«
»Heute noch?« Ich stützte mich auf den Ellenbogen und meinen Kopf auf meine Hand. »Aber er hat unser Date doch erst vor wenigen Stunden abgesagt!«
Mein Gesicht befand sich unmittelbar vor Mimis und ich spürte ihren Atem auf meiner Wange.
»Ach, Männer wissen einfach nicht, was sie wollen. Vergiss ihn! Wahrscheinlich hat er es sich in letzter Minute anders überlegt.«
Ich sah sie an und fühlte plötzlich eine unendliche Zärtlichkeit in mir aufwallen. Mit einem Mal war Pipo nicht mehr so wichtig. Ich fühlte mich wohl. Geliebt. Begehrt. Wichtig für jemanden. Zumindest für eine Nacht.
Trotzdem schlief ich schlecht. Vermutlich vermisste ich es, um sechs Uhr in der Früh zu hören, wie Mimi die Eingangstür aufsperrte und nach Hause kam, nach einer weiteren Nacht in dieser Schattenwelt aus vermeintlichem Luxus und gekauftem Sex an der Kreuzung Concorde und Champs-Elysées. Ich war so viel Ruhe nicht gewöhnt, Durchschlafen war für mich ebenso ungewohnt wie diese beinahe andächtige Stille. Meine Gedanken begannen herumzuschwirren.
Pipos Verhalten hatte sich seit dem Unfall verändert. Oder eher, seit ich ihm Mimi vorgestellt hatte? Ich war mir in beiden Punkten nicht ganz sicher, aber eines stand fest: Beides hatte sich nahezu zur selben Zeit ereignet.

Pipos Gesichtsausdruck war unbeteiligt, als wir uns um zehn Uhr abends in einer Bar im Forum »Les Halles« tra-

fen. Es war viel los. Ein paar Fünfzehnjährige spazierten an uns vorbei, auf der Schulter einen CD-Player, aus dem Rap-Musik erklang.
»Du musst ja heute echt gut in Form sein«, sagte Pipo ironisch zur Begrüßung.
»Was meinst du damit?«
Ein Kellner mit gefärbtem Schnurrbart brachte uns unser Bier.
»Schlaf tut dir gut. Deine Haut leuchtet ja geradezu.«
Ich wusste nun genau, worauf er hinauswollte, aber ich beschloss, seine Anspielungen auf seinen gestrigen Telefonanruf zu übergehen. Doch das gefiel ihm gar nicht.
»Hat dir deine Madagassen-Freundin ausgerichtet, dass ich gestern noch angerufen habe?«
»Ja, klar.«
»Es war noch früh, aber du hast schon geschlafen. Zumindest hat sie das behauptet. Oder hattest du vielleicht gerade keine Lust, mit mir zu reden?«
Ich beschloss, mich nicht provozieren zu lassen.
»Ich hatte gestern keine Lust auszugehen. Ich war total müde und bin sofort ins Bett gegangen. Aber Mimi hat mir deinen Anruf ausgerichtet, falls es das ist, was dich beunruhigt.«
Ich wusste, dass er noch weiter über dieses Thema reden wollte und darauf wartete, dass ich ihm Fragen über seine gestrige Nacht stellte, aber ich hatte nicht vor, mich auf dieses Spielchen einzulassen.
»Und, wie geht es ihr?«, fragte er mich plötzlich.
»Es geht ihr gut.«
»Hat sie schon alles zugegeben?«
»Lass es doch endlich gut sein, Pipo.« Ich hielt mir die

Ohren zu, weil die Jungs auf der Straße ihre Musik immer lauter aufdrehten. Pipo schien sie überhaupt nicht zu bemerken.
»Hast du sie nicht noch einmal darauf angesprochen?«
»Nein, Pipo, hab ich nicht. Und ich werde es auch nicht. Wenn sie mit mir darüber reden will, wird sie es tun, doch ich werde sie nicht länger drängen. Sie hat sich auf jeden Fall diese Woche freigenommen. Sie möchte ausspannen, es sich zu Hause gemütlich machen und lesen.«
»Aha.«
Er wirkte plötzlich niedergeschlagen und versuchte dies zu verbergen, indem er einen blöden, unanständigen Witz erzählte, den ich überhaupt nicht lustig fand.
»Du bist ja total zickig heute. Und das, obwohl du so lange geschlafen hast. Vielleicht tut dir so viel Schlaf ja doch nicht gut«, schnauzte er mich an, bevor er sein Bier austrank. »Komm, gehen wir. Mein Taxi steht hier gleich in der Nähe. Ich werde dir heute etwas zeigen, das dich wieder etwas auf Touren bringen wird.«
Wir zahlten unsere Rechnung und verließen schweigend die Bar. Wir tauchten erneut ein in das nächtliche Paris, und ich war gespannt auf die Überraschungen, die es heute für uns bereithielt. Das hatte ich am meisten vermisst.

Der Bois de Boulogne

Mit nur 20 Stundenkilometern fuhren wir in den Bois de Boulogne, wo wir unsere Geschwindigkeit noch weiter drosseln mussten. Der Bois de Boulogne war wie eine offene, eiternde Wunde in der Stadt, doch das nächtliche Treiben hier zugleich sündhaft und einzigartig exotisch. Vor allem im Sommer kannten Lust und Leidenschaft hier keine Grenzen. Spätnachts war der Verkehr hier besonders stark. Die ganze Gegend war der reinste Hexenkessel. Stoßstange an Stoßstange und nahezu lautlos fuhren die Autos unter den Bäumen durch, einzig und allein das Schnurren der Motoren war zu hören, während die Augen der Insassen suchend hin und her wanderten.

Bremsen quietschten, als eine eindrucksvolle Schwarze in hohen Lacklederstiefeln die Straße überquerte und dabei ihren Tanga ein Stück zur Seite schob. Was dabei zum Vorschein kam, war ein hängendes Gemächt, während sich weiter oben indes an den richtigen Stellen großzügig mit Silikon gepolsterte Erhebungen befanden, sodass eine eindeutige geschlechtliche Zuordnung nicht so ohne weiteres möglich war. Mit aufreizenden Bewegungen und einer Katzenzunge, die sie wie eine kleine Windmühle herumkreisen ließ, zog sie die Aufmerksamkeit der Vorbeifahrenden auf sich.

Die Nacht trennte uns wie ein Vorhang von dem Treiben auf der Straße. Die dunklen Scheiben des Mercedes

schützten mich vor den hemmungslosen Leidenschaften und den zügellosen Trieben, die sich hier Bahn brachen.
»Die meisten sind brasilianische Transvestiten«, erklärte mir Pipo, während er darauf achtete, nicht zu viel Gas zu geben, den Abstand zum Vordermann stets fest im Auge.
»Was? Diese wahnsinnig gut aussehenden Mädchen hier? Das kann doch nicht wahr sein!«
Ich sah, wie sich die Gestalten auf der rechten Seite der Straße zu einer Reihe formierten. Überall standen die atemberaubendsten Mädchen, kaum bekleidet oder nackt, jedoch alle in Schuhen mit Schwindel erregend hohen Absätzen. Als ich meinen Blick kurz von ihnen löste und über die Bäume schweifen ließ, bemerkte ich mehrere Schatten.
»Hier vorne findet die Show statt und dahinten stehen die Spanner«, erklärte Pipo mit einer Geste zu den Bäumen. »Sie kommen nur, um zuzuschauen, treten aber mit niemandem in direkten Kontakt. Außerdem warten dahinten im Gebüsch noch die Zuhälter der Mädchen, um zu sehen, ob sie gut arbeiten. Vor denen muss man sich in Acht nehmen.«
Einige Autos vor uns hielten an und so mussten auch wir stehen bleiben. Nach einigen schnellen Verhandlungen über Dienstleistung und Honorar schlossen einige ihre Fenster wieder und fuhren weiter, andere ließen irgendwelche Mädchen einsteigen und verschwanden mit ihnen in der Nacht.
»Mir gefällt es hier«, gestand Pipo. »Ein Transvestit ist gefangen zwischen zwei Welten. Er leidet sehr, verstehst du? Am schmerzhaftesten ist es, wenn er im Morgengrauen nach Hause kommt, sich die Schminke vom Gesicht wischt

und ihm nur noch sein wahres Selbst aus dem Spiegel entgegenblickt. Ein Transvestit ist die traurigste Gestalt auf Erden, die du dir vorstellen kannst. Wenn du einen von ihnen bei sich zu Hause beobachten könntest, würdest du ihn nur mehr tröstend in die Arme nehmen wollen …«

»Woher willst du das wissen? Hast du mal einen näher kennen gelernt?«

Die Antwort blieb Pipo mir schuldig.

»Ich verstehe nicht, warum sie sich nicht einfach operieren lassen und zur Frau werden. Mit diesem Ding zwischen den Beinen sehen sie lächerlich aus. Ihre Kurven sind so feminin …«

»Ohne Schwanz würden sie nur noch die Hälfte verdienen. Genau deswegen sind sie ja so attraktiv für die Freier. Außerdem gibt es viele, denen es so gefällt.«

»Warum behauptest du dann, dass sie allesamt so traurig wären?«

»Weil sie trotz aller Freiheiten und Wahlmöglichkeiten Gefangene zwischen den Welten bleiben und weder zur einen noch zur anderen gehören. Wenn es mir nicht gut geht, komme ich immer hierher.«

Eine Blondine auf wirklich Schwindel erregend hohen Absätzen setzte sich plötzlich auf die Motorhaube unseres Wagens. Pipo blendete auf, die Blondine sah mich an, fixierte mich einen Augenblick und stand mit einer geschmeidigen Bewegung wieder auf. Um zu zeigen, was sie von uns hielt, ließ sie uns zuerst einen Blick auf ihr Hinterteil zuteil werden, bevor sie uns mit ziemlich eindeutiger Geste den Mittelfinger entgegenstreckte.

»Du meintest vorhin wohl traurig und aggressiv, oder?« Zweifelnd sah ich ihn an.

Pipo warf einen Blick in den Rückspiegel und lenkte unseren Wagen nach links. Wir fuhren nun in einen anderen Teil des Parks, doch das Treiben auf den Straßen blieb dasselbe.

»Die Konkurrenz ist hier irrsinnig stark. Deswegen sind sie aggressiv. Außerdem ist hier Gewalt an der Tagesordnung, hier wurden schon mehr als einmal welche mit dem Messer niedergemetzelt.«

»Und warum in aller Welt bringst du mich dann hierher? Hast du keine Angst, uns könnte etwas geschehen?«

»Uns wird überhaupt nichts geschehen, solange wir mit niemandem hier reden. Keine Sorge. Ich habe dich nur hierher gebracht, damit du das ganze Elend mal mit eigenen Augen sehen kannst.«

»Ach, was bist du nur plötzlich für ein Menschenfreund!«

»Tja, wie du eben mir gegenüber.«

Während ich noch über seine Antwort nachdachte, stand plötzlich vor uns mitten auf der Straße ein Transvestit und forderte uns mit wild fuchtelnden Armen dazu auf, stehen zu bleiben. Er sah wahnsinnig gut aus, die Beine vielleicht etwas zu dick, doch das Gesicht extrem ausdrucksstark und attraktiv. Pipo kurbelte sein Fenster herunter und ignorierte dabei geflissentlich meine Protestrufe. Wer weiß, vielleicht wollte der Typ uns ja ausrauben. Ich wollte einfach nur weiter ruhig die Straße entlangfahren, doch Pipo war anscheinend ganz scharf darauf, uns in Schwierigkeiten zu bringen. Mit einer Handbewegung gab er mir zu verstehen, dass ich doch endlich meinen Mund halten sollte.

»Bist du Taxifahrer?«, fragte der Transvestit und vergaß

in seiner Aufregung auf seine weibliche Stimmlage zu achten.

»Ja, warum? Ich bin gerade nicht im Dienst.«

»Du musst mich unbedingt fahren.«

»Es tut mir Leid, ich arbeite in der Nacht nicht. Ich bin nur so mit einer Freundin hierher gekommen.«

Während Pipo erklärend zu mir hinüber nickte, biss ich die Zähne zusammen und drückte meine Tasche gegen die Brust, vor lauter Angst, der Typ könnte uns überfallen. Doch der presste nur seine Hände gegen die halb geöffnete Scheibe und wirkte völlig verzweifelt. Sein Gesicht war schmal, mit harmonischen Zügen, die ersten Bartstoppeln bereits erkennbar.

»Bitte! Ich brauche unbedingt deine Hilfe. Du musst mich von hier wegbringen. Ich will sonst echt überhaupt nichts von euch. Bringt mich nur von hier weg.«

Jetzt wandte er sich an mich.

»Ich verspreche, ich tu euch nichts! Ehrlich! Glaubt mir. Ich zahl auch für die Fahrt. Hier, ich hab genug Geld.«

Er kramte in seiner Tasche herum und zog ein Bündel Geldscheine heraus, das er uns mit zitternden Händen entgegenstreckte. Pipo, der von sich immer behauptete, alle Facetten der Nacht durch und durch zu kennen, überraschte mich nun völlig. Mit einer schnellen Bewegung drehte er sich um und entriegelte die hintere Tür.

»Schnell, steig ein«, sagte er in knappem Tonfall.

»Aber – was machst du denn da?«, schrie ich ihn beinahe hysterisch an.

Der Transvestit zögerte keine Sekunde. Er öffnete die hintere Tür, hauchte leise ein erleichtertes »Danke« und schob sich gazellengleich auf den Rücksitz.

»Du kennst den Typ doch nicht mal. Und wenn er uns nun was antut?«
»Mach dir keine Sorgen«, beruhigte er mich, während er den Transvestiten im Rückspiegel nicht aus den Augen ließ.
»Du bist ja komplett übergeschnappt!«, fügte ich noch hinzu, denn mir war jeder Sinn für Diplomatie endgültig abhanden gekommen.
Der Transvestit zog sich mit schnellen Bewegungen und erleichtertem Gesichtsausdruck seine hohen Schuhe aus und bedankte sich noch einmal bei Pipo. Dann wandte er sich an mich und versuchte, mich zu beruhigen.
»Entschuldige bitte mein Verhalten, aber du hast echt überhaupt nichts zu befürchten. Ich heiße Nicole, und du? Na ja, eigentlich heiße ich ja eher Philippe.«
»Val«, antwortete ich.
»Und du?«, fragte Nicole-Philippe und fixierte Pipo im Rückspiegel.
»Ich heiße Pipo. Wo soll ich dich eigentlich hinbringen?«
»Nach Barbès, bitte.«
Nicole-Philippe erzählte uns schließlich eine wirre Geschichte, die weder Hand noch Fuß hatte. Ich verstand nur, dass er in den Bois de Boulogne gekommen war, weil er versuchen wollte, auf eigene Rechnung ein bisschen Geld zu verdienen, und dass ihn die anderen dafür verprügeln wollten. Seine Geldbörse hatten sie ihm auch noch geklaut. Er lebte noch mit seiner Mutter zusammen, die keine Ahnung hatte von seinen nächtlichen Aktivitäten, sein Vater war schon tot. Am Tag war er ein ganz normaler, unauffälliger Typ.
»Meine Mutter denkt, ich arbeite in einer Show in Pi-

galle, doch sie hat mich noch nie in solchen Klamotten gesehen.« Er schnaufte. »Uff, diese Schuhe hätte ich keine Sekunde länger mehr ertragen.«
Wir waren schon fast bei der von ihm angegebenen Adresse angekommen.
»Ich muss dich noch um einen letzten Gefallen bitten«, sagte er zu Pipo, während er sich die Wimperntusche mit einem Abschminktuch aus seiner Tasche von den Augen wischte.
»Um was geht's?«
»Welche Schuhgröße hast du?«
»Wie bitte?«
»Schau her, ich hab doch nur diese mörderisch hohen Treter.« Dabei hob er zur Demonstration seine High Heels hoch. »Aber meine Mutter wartet bestimmt wie immer in der Küche auf mich, und wenn sie mich so sieht, ahnt sie vielleicht etwas. Also, welche Schuhgröße trägst du?«
»Zweiundvierzig.«
»Die passen schon. Was schulde ich dir?« Mit flinken Fingern begann er die Scheine in seiner Hand abzuzählen.
»Dreihundert Francs«, antwortete Pipo ohne nachzudenken. »Inklusive der Fahrt von Boulogne bis hierher.«
»In Ordnung.«
Er hielt Pipo, der sich seine Treter bereits von den Füßen zog, die drei Hundertfrancscheine hin, nahm die Schuhe entgegen und zog sie ohne Zögern an. Mit sichtlich entspanntem Gesichtsausdruck verabschiedete er sich schließlich von uns und stieg aus dem Wagen. Während er in Richtung eines vierstöckigen Gebäudes marschierte, verschmolz seine Silhouette mehr und mehr mit dem Dunkel der Pariser Nacht. Außer der Erinnerung blieb

nichts von dieser nächtlichen Begegnung mit Nicole-Philippe zurück.
»Und nun?« Fragend sah ich Pipo an, der nun nur mehr Socken an den Füßen trug. »Du siehst echt komisch aus.«
»Das war's wert. Dreihundert Francs für ein Paar alte Schuhe. Dafür muss ich sonst einen ganzen Tag schuften.«
»Passieren dir oft solche Geschichten?«
»In der Nacht ist alles möglich. Komm, ich bring dich nach Hause. So kann ich ohnehin nirgends auftauchen, das verstehst du doch.«
Wir unterhielten uns noch eine ganze Weile vor Mimis Haus, dabei tranken wir abwechselnd aus einem mit Whisky gefüllten Flachmann, den er immer mit im Auto hatte. Er erzählte mir lang und breit alles über den Bois de Boulogne. Dieser Ort war wie die geistigen Schubladen in unseren Köpfen, wie diese russischen Puppen, die sich auseinander ziehen lassen und in ihrem Inneren immer kleinere Puppen verbergen. Da waren zuallererst die allen Blicken preisgegebenen Mädchen, dann folgten die wachsamen Zuhälter und schließlich die im Gebüsch verborgenen Voyeure, die sich in ihrem Versteck heimlich einen runterholten. Und dann waren da noch wir, die größten aller Spanner, die sich das ganze Treiben passiv von außen ansahen. Pipo und ich waren uns in dieser Hinsicht komplett einig. Wir sprachen lange über all die unausgesprochenen Wünsche und Sehnsüchte, die in den hintersten Schubladen unserer Köpfe verborgen waren. Das heißt, ich sprach davon, Pipo hingegen hatte offenbar keine große Lust, mir an diesem Abend irgendetwas zu erzählen.

Nachdem ich schließlich halb betrunken aus dem Taxi gestiegen war, beeilte ich mich, die Stufen hochzukommen, deren Kanten mir plötzlich so gefährlich und scharf vorkamen wie Rasierklingen.

Ich betrat das dunkle Schlafzimmer nackt und auf Zehenspitzen, die Schuhe hielt ich in der Hand, um keinen Lärm zu machen. Die Laken auf der einen Seite des Bettes waren komplett zerwühlt, in der Mitte lag der scheinbar leblose Körper meiner Freundin.
Die Wände des Zimmers, die jegliche feste Form verloren zu haben schienen, bewegten sich vor meinen Augen wie ein Wasserfall. Ich war komplett betrunken.
Ich nahm eines der zerknitterten Laken, um mich damit zuzudecken. Mir war kalt. Die Wellen des Stoffes flossen über mich hinweg und plötzlich schien sich Mimis Körper aufzulösen und tief in die Poren meiner Haut zu dringen. In meinem Mund sammelten sich Unmengen von Speichel und ich schluckte mühsam. Ich fühlte mich, als würde ich ertrinken, und warf gehetzt meinen Kopf hin und her.
»Hey, bleib ganz ruhig«, hörte ich Mimis fließende Stimme.
Ich trieb in einer Pfütze aus süßem Wasser, mit ihrem Kopf zwischen meinen Beinen, und dieses Gefühl machte plötzlich meinen Kopf frei und vertrieb meinen heftigen Rausch. Ihr Körper verströmte eine Energie, die mir Hochgefühle bereitete, mich aber auch in die unerforschtesten Höhlen meines Unterbewusstseins führte.
»Ich bin mir nicht sicher, ob das richtig ist, was du da mit mir anstellst. Ich glaube, ich werde gleich ohnmächtig.«
Mimis weiße Zähne glänzten in der Dunkelheit wie Perlen

in halb geöffneten Muscheln. Mimi erleuchtete mich im wahrsten Sinne des Wortes und blendete all meine Vorbehalte aus, die ich gegen den Sex mit ihr hegte.

Ihr Mund verwandelte sich in eine kleine Meeresschnecke, die sich genüsslich an meinen intimsten Stellen festsaugte. »Am liebsten hätte ich unzählige Hände, damit ich dich ganz umfassen und überall gleichzeitig berühren kann«, hauchte die Schnecke.

Doch die brauchte sie gar nicht. Ihre Tentakel tanzten auf meinem Kopf und ich verlor jegliches Gefühl für Zeit und Raum. Unsere Körper hatten keine Grenzen mehr.

Gleichzeitig fühlte ich jedoch in mir die Angst aufsteigen, ich könnte die Kontrolle verlieren und meine innerste Welt einstürzen sehen. »Ich hasse dich für das, was du mit mir machst«, brachte ich hervor, während ich gleichzeitig das Gefühl hatte, in einer Blase zu schweben.

»Aber es gefällt dir, nicht wahr?« Die Stimme der kleinen Krake schien von weit her zu kommen.

Auf meinem Körper fühlte ich Zeichen bar jeglichen Sinns, die seitdem jedoch tief in meine Haut eingebrannt sind. Obwohl unsichtbar, bleibe ich doch für immer von ihnen gezeichnet, selbst wenn sie sich auflösen und zerfallen, wie sorgfältig errichtete Sandburgen unter dem Ansturm des Meeres.

»Deine Magie ist beängstigend. Wegen dir fühle ich mich nicht mehr als die Frau, die ich wirklich bin.«

»Du bist keine andere geworden. Du bist dieselbe wie immer, nur mit anderen Facetten.« Die Worte prangten auf der Fahne, die über meiner eingestürzten Sandburg in der Meeresbrise flatterte.

Ich trieb noch eine ganze Weile in meiner Wasserblase

umher, eingehüllt in diese Sanftheit, während Mimi sich problemlos dem Schlaf hingab, etwas, das mir schon immer Schwierigkeiten bereitet hatte.
Meine Finger fanden keine Ruhe und erkundeten wie von selbst noch einmal sanft und zärtlich das Innere ihrer Vagina, deren Wände sich weich und plüschig anfühlten wie die Oberfläche eines Wandteppichs, der die Berührungen meiner Hand dämpfte und auffing. Meine Finger schienen auf sinnliche Weise gefangen in diesem vampirischen Körper und drohten trotz Müdigkeit und Erschöpfung ganz darin zu versinken.
Mimi erwachte. »Du bist unersättlich!« Und ihre plötzlichen Lustschreie hallten von den Wänden wider.

Verwirrungen

Es gibt Tage, an denen sollte man sich einfach nicht aus dem Bett rühren, und der Tag nach unserer Liebesnacht war so einer. Ich hatte regelrecht Angstzustände. Ach, nichts Ernstes! Ich hatte das Gefühl, dass ich erst dann wieder den Mut finden würde, auf die Straße zu gehen, wenn die Dunkelheit der Nacht hereinbrach. Klassische Angstzustände eben.

Mimi kochte eine heiße Brühe für mich und setzte sich zu mir ans Bett, um mir ein paar Gedichte aus Baudelaires *Die Blumen des Bösen* vorzulesen. Sie meinte, dass ich dadurch verstehen würde, was wirkliche Angst sei, und meine eigenen Beklemmungen sich dann in nichts auflösen würden.

Ich hörte eine ganze Stunde lang Mimis warmer und tiefer Stimme zu, während sie die Verse in jeweils passender Tonlage rezitierte. An manchen Stellen übermannte sie die Traurigkeit und sie musste kurz innehalten, um mühsam zu schlucken, bevor sie weiterlesen konnte.

»Mimi ... Die Verse gefallen mir sehr, aber – wie soll ich sagen? Es ist so zäh, ja genau, zäh und langatmig«, brachte ich nach einer Weile gähnend hervor.

»Inwiefern?« Mimi schloss das Buch und zog mir die Decke hoch bis zur Nase.

»Na ja, heute Abend werde ich mit Pipo ausgehen und die verdammten Verse werden mir die ganze Zeit im Kopf herumschwirren. Er wird irgendetwas merken. Ich hör dir schon seit über einer Stunde zu und es geht mir noch immer kein bisschen besser.«

»Es sind nicht Baudelaires Verse, die dich so fertig machen. Es ist dein komischer Freund. Warum bleibst du heute Abend nicht bei mir? Ich sehe dir an, dass du schon darüber nachgedacht hast. Du konzentrierst dich überhaupt nicht auf das, was ich lese. Hier und da dringt irgendein Wort zu dir durch, doch den Sinn kapierst du überhaupt nicht. Der Typ macht dich unempfänglich für Poesie.«

»Das stimmt nicht, Mimi. Wenn es so wäre, hätte ich nicht mit dir geschlafen. Komm schon. Sonst hätte ich mich dir doch gar nicht öffnen können. Doch Pipo zieht mich irgendwie an. Ich möchte wissen, was er fühlt und was mit ihm los ist. Ich will wissen, was in seinem Leben passiert und was er über mich denkt.«

Mimi strich mir sanft übers Haar.

»Warum hat Pipo kein einziges Mal versucht, mich ins Bett zu kriegen? Er hat mir noch nicht einmal die Hand gestreichelt. Nicht einmal die Hand, Mimi ... Oder doch, einmal, aber das war rein freundschaftlich, ohne Hintergedanken ...«

»Vielleicht bist du einfach nicht sein Typ? Mir gefällst du jedenfalls sehr, Val.«

Ich reagierte nicht auf ihren letzten Satz.

»Warum will er dann überhaupt, dass ich mit ihm ausgehe? Das ist doch völlig absurd. Du weißt, dass ich Recht habe, Mimi. Kein Mann will Nacht für Nacht mit einer Frau ausgehen, ohne irgendwelche Hintergedanken zu hegen. In dieser Hinsicht sind alle Männer gleich, das sagst du mir doch selbst hundertmal am Tag.«

»Weil der Typ spinnt.«

»Und du behauptest, dass ich dir gefalle, aber anscheinend nicht gut genug, um mich über deine nächtlichen Aktivitäten an der Place de la Concorde ins Vertrauen zu ziehen. Was ist nur plötzlich mit allen los? Arbeitet ihr zwei zusammen, oder was? Wollt ihr zwei mich verarschen, ist es das?«

»Du flippst gerade aus, Val. Beruhig dich doch!«

»Nun, dann flipp ich eben aus. Aber kommt dir das alles nicht auch irgendwie spanisch vor?«

»Du machst dir viel zu viele Gedanken.«

»Wie du meinst.« Ich sprang aus dem Bett, um mich fertig zu machen, damit ich rechtzeitig zu meinem Date mit Pipo kam. »Und du gibst noch immer nichts zu.«

Aus der Telefonzelle hörte sich Pipo, der in seiner Muttersprache in den Hörer redete, irgendwie verärgert an. Zuvor hatte er sein Taxi angehalten und mir erklärt, dass er einen dringenden Anruf zu erledigen hatte. Ich stieg aus dem Wagen, zündete mir eine Zigarette an und beobachtete Pipo liebevoll, während er in der Kabine weiter telefonierte. Es war ihm egal, dass ich ihn hörte. Ich verstand ihn ohnehin nicht.

Arabisch ist eine wunderbare Sprache, wenngleich wenig harmonisch für ein an westliche Laute gewöhntes Ohr. Es klingt wie eine Reihe holpriger Silben und unartikulierter Gurgelgeräusche. Eigentlich wie ein rauer, trockener Husten, eben überhaupt nicht weich und wohlklingend. Aber mir gefällt es.

Nachdem er seinen Anruf erledigt hatte, brachte Pipo mir ein wunderbares Wort in seiner Sprache bei.

»Habibi. Du musst das H offener sprechen, so: *ja-bi-bi.*«

Ich bemühte mich, seine Bewegungen mit dem Mund nachzumachen.

»So, als ob das H rauswollte, aber nicht kann. Stell dir vor, du willst ganz viel Spucke in deinem Mund sammeln, die du dann so weit wie möglich ausspucken willst.«

»Ganz schön eklig, oder?« Ich bemühte mich weiter, das H so rauszuwürgen, wie er es mir vormachte.

Pipo begann zu lachen.

»Ja, jetzt hast du's. Du bist sehr sexy, Habibi.«

Ich fühlte mich spitze.

»Das ist das erste Mal, dass ich so was Nettes von dir höre.«

»Habibi, es gibt da etwas, das ich dir sagen muss.«

»Ja?«

Mit einem Schlag fühlte ich mich überhaupt nicht mehr spitze. Sein Tonfall verhieß nichts Gutes und er wirkte plötzlich sehr ernst. Die Falten auf seiner Stirn schienen meine Befürchtungen noch zu bestätigen.

»Nimm's nicht zu schwer, Val, aber ab nächster Woche werde ich nicht mehr so viel Zeit haben wie bisher. Ich muss einiges erledigen und das geht nur in meiner freien Zeit.«

»Also in der Nacht, oder wie? Was willst du denn da erledigen? Kann ich dir vielleicht dabei helfen?«

»Nein, Habibi. Es ist etwas Persönliches. Danke für dein Angebot, aber das muss ich alleine machen.«

»Und was heißt das? Sehen wir uns dann nicht mehr?«

»Doch, natürlich, aber nicht mehr so oft wie bisher.«

Meine ganze Welt schien einzustürzen. Ich wusste nicht, ob ich anfangen sollte zu heulen oder ob ich ihm eine Ohrfeige verpassen sollte. Immerhin wusste er, dass ich nur den Sommer über in Paris bleiben würde und dass wir uns danach vermutlich nie mehr wiedersehen würden. Und warum um alles in der Welt nannte er mich plötzlich »Habibi« (»Schatz« auf Arabisch), wenn er doch offensichtlich ganz erpicht darauf war, auf Abstand zu mir zu gehen? Ich verstand überhaupt nichts mehr.

Dann schoss mir ein beunruhigender Gedanke durch den Kopf: Pipo hatte sich zur selben Zeit dazu entschlossen, seine persönlichen Angelegenheiten von nun an in der Nacht zu regeln, wie Mimi, wieder bei der Arbeit zu erscheinen. Er wusste aus erster Hand (durch mich natürlich), dass Mimi ab nächster Woche wieder auf die Straße zurückkehren würde, also zur selben Zeit, ab der er für mich nicht mehr zur Verfügung stand.

Das Wort »Habibi« schien mir plötzlich gefährlich, wie eine Briefbombe, die dir ins Gesicht explodiert.

Ich erinnere mich nicht mehr genau daran, ob es in jener Nacht war, dass ich mich dazu entschloss, der Sache auf den Grund zu gehen und herauszufinden, wer Pipo in Wirklichkeit war. Mein Gefühl sagte mir deutlich, dass hier etwas nicht stimmte. Etwas, das ich bereits im ersten Moment gespürt hatte, das ich aber nicht hatte wahrhaben wollen. Pipos Geheimnis. Das Geheimnis von Paris und den dunklen Nächten. Und Mimi mittendrin.

L'amour, toujours

Denn die Liebe, so steht zu hoffen, ist ein
ständiges Verhandeln zwischen zwei Mächten,
die sich einander einverleiben wollen.
PIERRE MÉROT, *Säugetiere*

Plan A

Beim Eintippen der Telefonnummer zitterten meine Finger vor Nervosität. Ich hatte Angst vor seiner Reaktion, aber er war nun einmal der einzige Mensch in Paris, der mir jetzt helfen konnte. Ich hatte den ganzen Vormittag und einen großen Teil des Nachmittags damit verbracht, mir für mein Verhalten Entschuldigungen auszudenken. Der Anruf würde ihn total schocken, da war ich mir sicher, aber ich vertraute darauf, dass er mich trotzdem verstehen würde.

Ich wartete ab, bis Mimi außer Haus war. Es klingelte ziemlich lange, bevor eine ernste, mir jedoch durch und durch vertraute Stimme antwortete. Mein Herz machte einen gewaltigen Satz und klopfte wie verrückt.

»Edouard?«

»Am Apparat. Wer spricht?«

Der Klang seiner Stimme versetzte mich wieder in jene Bar, in der wir uns zuletzt getroffen hatten und wo ich mich durch mein dämliches Verhalten nicht gerade ausgezeichnet hatte.

»Hallo, Edouard. Ich bin's. Val.«

Die Stille, die nun folgte, kam für mich nicht überraschend. Nachdem ich ihn damals in der Toilette einfach so hatte sitzen lassen, hatte er nicht mit einem Anruf von mir gerechnet, so viel stand fest. Ich war mir plötzlich ziemlich sicher, dass er gleich wortlos auflegen würde.

»Hallo, Val«, sagte er in einem Tonfall, als ob überhaupt nichts zwischen uns passiert wäre.
Ich kam mir total dämlich vor.
»Hör mal, das letztens ... Es tut mir echt Leid«, war das Einzige, was ich herausbrachte.
Und ich meinte es ernst.
»Hey, mach dir keine Sorgen. Ich verstehe das. Aber warum hast du mir nicht einfach was gesagt, statt wie ein Dieb auf der Flucht aus dem Hotel zu stürzen. Ich hätte es auf jeden Fall verstanden. Wenn es nicht funkt, dann funkt es eben nicht und Punkt. Man kann so was nicht erzwingen.«
»Ich weiß, du hast ja Recht. Ich habe mich wie eine Idiotin aufgeführt.«
»Denk nicht mehr darüber nach. Alles schon vergessen. Rufst du mich deswegen an?«
»Nun, Edouard ... Ich würde dich gerne sehen, heute oder morgen Abend. Wie es dir besser passt. Ich muss mit dir über etwas reden. Es gibt da einiges, was mich extrem beschäftigt, und ich würde gerne deine Meinung dazu hören.«
»Steckst du in irgendwelchen Schwierigkeiten?«
»Nein, nein ... Das ist es nicht. Keine Sorge. Ich werde es dir erklären, wenn wir uns sehen. Ich bin nämlich bei einer Freundin zu Hause, die jeden Moment wieder zurückkommt. Ich kann nicht so richtig ungestört reden.«
»Okay. Also, dann passt es mir besser heute Abend. Treffen wir uns in der Buddha Bar. Weißt du, wo die ist?«
»Ja, klar.«
»Um halb zehn. Wenn du Lust hast, können wir dort auch gleich zu Abend essen.«

Jeder, der die Buddha Bar kannte, wusste, dass das die angesagteste Bar von ganz Paris war. Und dass man eigentlich nicht dorthin ging, um einen Abend miteinander zu verbringen, der sich nur aufs Plauschen beschränkte.
Ich konnte mich nicht zwischen Rock oder Hose entscheiden. Eigentlich benahm ich mich, als hätte ich vor, mit Edouard zu flirten. Ich denke mal, ich wollte ihm weiterhin gefallen, und wie alle Frauen genoss ich es, die Verführerin zu spielen, selbst wenn nichts weiter geplant war. Vielleicht dachte ich auch insgeheim, wenn ich mich ein wenig verführerisch gab, wäre er eher dazu bereit, auf den wenig ehrenvollen Vorschlag einzugehen, der mir schon seit Tagen durch den Kopf geisterte. Wir Frauen benutzen die Männer stets, ob bewusst oder unbewusst. Daran ist auch überhaupt nichts Machiavellistisches. Es liegt einfach in unserer Natur. Wir sind eben so und waren es schon immer. Das ist purer Überlebensinstinkt. Nun, in diesem Fall war mein Leben ja nun nicht unbedingt in Gefahr, denn so verrückt war ich auch wieder nicht nach Pipo. Trotzdem hatte er irgendetwas an sich, das mich nicht mehr losließ. Ich wollte mich jedoch keinesfalls in eine Beziehung stürzen, die schon von vornherein zum Scheitern verurteilt war. Ich spürte, dass es für mich nicht gut sein würde, mich mit Pipo weiterhin so wie bisher zu treffen. Aus diesem Grund wollte ich endlich wissen, was wirklich los war – selbst wenn die Wahrscheit schmerzen sollte.
An jenem Abend fuhr ich zum ersten Mal in einem Taxi durch Paris, in dem nicht Pipo am Steuer saß. Statt in dem bisher gewohnten Mercedes saß ich nun in einem Peugeot 405, in dem es nach kaltem Rauch stank und des-

sen Fahrer kein einziges freundliches Wort für mich übrig hatte. Während der ganzen Fahrt saugte und lutschte er geräuschvoll an einer Lakritzstange, und ich war heilfroh, als wir endlich an den Champs-Elysées ankamen.
Als ich das Lokal betrat, war Edouard schon da und wartete auf mich an einem Tisch, dessen Lage mir überhaupt nicht zusagte. Zu unserer Rechten aß ein Pärchen zu Abend, das sich gleichgültig anschwieg (sodass es unserer Unterhaltung auch problemlos folgen konnte), und zu unserer Linken saß eine Gruppe von sieben Personen, die sich lautstark darüber austauschten, dass Freundschaft doch das höchste und wertvollste Gut überhaupt sei. Die ständigen herzlichen Umarmungen zogen schon bald die Blicke aller auf sich. Allem Anschein nach waren es alte Schulkameraden, die sich nun nach vielen Jahren wieder trafen, um zu hören, was sie so alle aus ihrem Leben gemacht hatten. Edouard beobachtete sie, während er an seinem Glas Weißwein nippte. Irgendwie fing alles nicht sehr viel versprechend an.
»Ich weiß nicht, ob das so eine gute Idee war, hierher zu kommen«, sagte ich zur Begrüßung.
Er erhob sich, um mir den Stuhl zurechtzurücken, und ich bemerkte, dass er anscheinend glücklich war, mich wiederzusehen.
»Tja, aber dieses Lokal hat durchaus auch seine Vorteile«, sagte er halb lachend. »Bei dem sanften Licht bemerkst du meine Nase vielleicht gar nicht.«
Um nicht zu weinen, fing ich an zu lachen. Immerhin hatte sich an seinem Sinn für Humor nichts geändert.
»Es tut mir wirklich Leid, wie das gelaufen ist, Edouard. Ehrlich, ich meine es ernst.« Ich bemühte mich, ihm

direkt in die Augen zu blicken. »Mir tut das mit deiner Nase Leid und dass ich dich dort einfach so sitzen gelassen habe. Das musst du mir glauben.«
»Das hast du mir doch schon alles am Telefon gesagt. Vergiss es einfach. Ich hab nur einen Scherz gemacht, um ein wenig das Eis zu brechen.«
»Du hast mich damals einfach kalt erwischt. Wenn ich mir dich jetzt genauer ansehe, steht dir die neue Nase gar nicht mal so schlecht.«
Und das stimmte auch. Das Licht der Kerze verlieh seinem Gesicht eine andere Tiefe und das freute mich sehr, denn nun fühlte ich mich weniger unwohl in meiner Haut und seiner Gegenwart.
»Danke, dass du gekommen bist.« Lächelnd sah ich ihn an.
Edouard wirkte rundum zufrieden mit sich. Er sah es offensichtlich irgendwie als persönlichen Sieg, dass ich heute Abend hier mit ihm saß. Das Pärchen neben uns stierte immer noch gelangweilt vor sich hin, und wir bestellten eine Flasche Weißwein für uns.
Während Edouard sich ganz dem Studium der Speisekarte hingab, stieg mir plötzlich ein saurer Geruch in die Nase. Es war der Typ von dem Pärchen neben uns. Er roch derart intensiv nach Schweiß, dass die Duftwelle mich problemlos erreichte. Vielleicht hatte seine Begleiterin ja deswegen keine Lust, sich mit ihm zu unterhalten. Eine stinkende Achsel kann einem wirklich alles verderben. Ich musste plötzlich lachen und Edouard warf mir einen erstaunten Blick zu.
»Hey, wir haben doch noch gar nichts getrunken. Was ist denn los mit dir?«

»Nichts, nichts, es geht schon.« Ich konnte ihm unmöglich etwas über den übel riechenden Tischnachbarn sagen, während dieser mir bereits tödliche Blicke zuwarf.
Um Edouard abzulenken, begann ich von mir und Pipo und von mir und Mimi zu erzählen und von meinem Verdacht, dass hier irgendetwas nicht stimmte.
»Ich glaube, Pipo verheimlicht mir irgendetwas. Seit kurzem hat er in den Nächten keine Zeit mehr für mich.«
»Nun, Val«, Edouard nahm meine Hand und drückte mit seinen eisigen Lippen einen geräuschvollen Schmatzer darauf, »das tut mir ja echt Leid für dich. Sag mal, hast du immer noch deine Einschlafprobleme?«
Ich bejahte.
»Und mit den Jahren ist es überhaupt nicht besser geworden?«
»Nun, als Arzt, der du ja bist, wirst du wohl wissen, dass psychosomatische Erkrankungen im Alter nicht schwächer, sondern stärker werden.«
Er stützte den Kopf auf beide Hände und sah mich an, als hätte er gerade etwas gänzlich Neues erfahren, während die Gruppe mit den Ehemaligen sich immer lautstärker unterhielt. Immer öfter hörte man lautes Lachen, sodass die totale Stille am Nebentisch noch schwerer auf dem schweigenden Pärchen lastete.
»Nun, was kann ich für dich tun?«
»Es gibt zwei Dinge, bei denen du mir helfen könntest, Edouard: Zum einen könntest du dich als Freier ausgeben und Mimi zu dir nach Hause lotsen, wo ich euch dann schon erwarten würde. Ich möchte, dass sie mich dort sieht, damit sie vor vollendeten Tatsachen steht und gar nicht mehr anders kann, als alles zuzugeben. Zum an-

deren könntest du dich eine Nacht lang an Pipos Fersen heften.«

Das war ziemlich viel verlangt, zugegeben. Ich wartete nun darauf, dass Edouard ablehnen würde, und es vergingen einige Minuten, bevor er zu sprechen begann.

»Nun, allem Anschein nach hast du dir ja ganz genau überlegt, wie du es anstellen willst, um deine Freunde sozusagen auf frischer Tat zu ertappen. Und ich finde es sehr schmeichelhaft, dass du bei der ganzen Aktion an mich gedacht hast, aber ...«

»Ich kenne sonst niemanden in Paris«, sagte ich entschuldigend, bevor er seinen Satz zu Ende sprechen konnte. »Ich will dich nicht belästigen, aber ich kann dir versichern, ich bitte dich nur um diesen Gefallen, weil ich sonst niemanden habe, an den ich mich damit wenden könnte.«

»Nun ...«

»Du bist der Einzige, den ich hier noch kenne, und der Einzige, dem ich vertrauen kann.«

Ein Lächeln spielte um seine Lippen.

»Und deswegen bittest du mich allen Ernstes, dir zu helfen? Weil ich so vertrauenswürdig bin?«

Er führte seine Serviette zum Mund und tupfte ihn mit leicht versnobtem Gesichtsausdruck ab.

»Nun ... ja«, antwortete ich.

»Sieh mal, Val. Ich kann dir Folgendes anbieten: Von mir aus mach ich mich auf die Suche nach deiner Freundin und bring sie zu mir nach Hause. Kein Problem. Aber ich werde ganz sicher nicht eine ganze Nacht lang hinter deinem Freund Pipo herrennen, tut mir Leid. Ich kenne ihn ja noch nicht einmal. Ich bin Arzt. Ich muss frühmorgens aufstehen und das möglichst mit einem klaren Kopf. Das versteht du doch.«

Dagegen war nichts zu sagen.

»Du hast Recht. Ich weiß nicht, was mir da durch den Kopf gegangen ist.«

Ich schob mir einen Bissen in den Mund, dann fragte ich ihn:

»Aber das mit meiner Freundin Mimi geht in Ordnung?«

»Ja, das habe ich dir doch gerade gesagt. Dazu müsste ich jedoch noch wissen, wie sie aussieht.«

Ich kramte in meiner Tasche, zog ein Foto hervor und legte es auf den Tisch.

»Hier, das ist sie.«

Edouard nahm das Bild in eine Hand, während er mit der anderen die Gabel zum Mund führte. Unser Tischnachbar, der seinen Mund vor lauter Gähnen fast gar nicht mehr zubekam, beugte sich plötzlich interessiert vor.

»Hübsch, deine Freundin.«

»Ja, aber rechne dir keine Chancen aus«, stellte ich sofort klar.

»Sie ist leicht zu erkennen. Ihre Augen sind ziemlich mandelförmig. Sie ist nicht von hier, nicht wahr?«

»Nein, sie kommt aus Madagaskar. Aber sie lebt schon etliche Jahre hier in Frankreich. Normalerweise arbeitet sie so ab neun an der Place de la Concorde, mehr oder weniger jeden Tag. Sie verlässt die Wohnung so gegen halb neun. Viel früher wirst du sie also nicht antreffen. Am besten wäre es, wenn du dort schon auf sie warten würdest. Auf keinen Fall darf irgendein anderer Freier sie dir vor der Nase wegschnappen.«

»Denkst du immer an alles?«
»Ich versuch's zumindest. Bitte nimm das Ganze ernst. Für mich ist das alles wirklich wichtig.«
»Sag mir bitte eins, Val. Ich frag dich jetzt was aus reiner Neugier, also ärgere dich nicht, und wenn du nicht antworten willst, dann lass es.«
Meine Alarmglocken klingelten laut und deutlich.
»An welchem der beiden hängst du mehr? An Pipo oder an Mimi?«
Mit unschuldigem Blick sah er mich an.
»Was soll diese Frage? Ich hab keine Lust, hier eine Gefühlsskala aufzustellen für die Menschen, die ich liebe oder geliebt habe.«
»Aber wenn du einen von den beiden wählen müsstest, für wen würdest du dich entscheiden?« Da ich ihm keine Antwort gab, fuhr er fort: »Ich weiß, dass die Frage irgendwie blöd ist und diese Situation ja sicher nicht eintreten wird, aber trotzdem, sag mir ehrlich: Wen würdest du nehmen?«
»Ich kann dir das so echt nicht sagen. Sie sind beide total unterschiedlich. Aber vermutlich würde ich Mimi wählen. Ich kenne sie immerhin schon seit einigen Jahren und sie ist wie eine Schwester für mich. Die Schwester, die ich nie hatte, mir aber immer gewünscht habe«, antwortete ich mit einem Seufzen.
»Sie scheint dich aber nicht gerade als Schwester zu betrachten. Sie geht zwar mit dir ins Bett, teilt aber nicht ihre Geheimnisse mit dir.«
»Auch zwischen Schwestern kann es Geheimnisse geben. Das kommt in den besten Familien vor, oder nicht?«

»Und außer diesen ›schwesterlichen‹ Gefühlen empfindest du nichts für sie?«

»Warum fragst du mich das? Nur weil ich mit ihr im Bett war, oder was?«

Edouard fühlte sich nun offensichtlich nicht wohl in seiner Haut, da er unruhig auf seinem Stuhl hin und her rückte. Schließlich senkte er den Blick.

»Möglicherweise.«

»Meine Gefühle für Mimi sind sehr tief. Aber Liebe, zumindest das, was allgemein als Liebe gilt – nein, ich glaube nicht, dass es Liebe ist.«

»Vielleicht liebt Mimi ja dich und hat Angst davor, dich zu enttäuschen. Hast du darüber noch gar nicht nachgedacht?«

Doch, natürlich hatte ich darüber schon nachgedacht. Tatsächlich war ich auch dieser Meinung, denn im Grunde genommen war dies die einzig vernünftige Erklärung für ihr Verhalten. Ich wollte aber auch, dass sie mir mehr vertraute, dass es ihr nicht so schwer fiel, sich mir zu öffnen. Sie sollte wissen, dass sie immer auf mich zählen konnte, um was es auch immer ging.

»Ehrlich gesagt, denke ich auch, dass sie einfach Angst vor meiner Reaktion hat. Sie hat Angst, mich zu verlieren. Deswegen will sie mir nichts davon erzählen. Doch das alles treibt mich nur noch mehr dazu, dieses Täuschungsmanöver durchzuziehen, auch wenn es für Mimi bestimmt hart werden wird. Wenn alles vorbei ist, wird sie sich bestimmt besser fühlen und mir letztendlich dankbar sein.«

Edouard leerte mit einem Zug sein Glas. Vermutlich dachte er, dass ich total verliebt in Mimi sein musste –

oder einfach nur total verrückt. Ich habe schon immer die Meinung vertreten, dass niemand das Recht hat, sich in das Leben anderer Leute einzumischen, es sei denn, er wird darum gebeten. Und nun wollte ich ungefragt mit aller Kraft verschlossene Türen einrennen. Ich hatte nicht einmal nachgedacht, ob das nun gut war oder nicht. Ich war einfach der Meinung, dass bei jeder Form von Liebe alle Mittel erlaubt waren, solange eine gute Absicht dahinter stand. Irgendwann würde der Partner das dann gewiss erkennen und verstehen. Das glaubte ich zumindest.

»Ich möchte aber auf keinen Fall, dass du mich für das verantwortlich machst, was danach zwischen euch passiert. Möglicherweise nimmt sie dir die ganze Aktion ja extrem übel«, stellte Edouard klar.

Doch ich wollte nichts davon hören. Ich war absolut davon überzeugt, dass die Durchführung meines Plans für alle Beteiligten das Beste wäre.

»Wenn eine Auster sich nicht öffnet, schnappst du dir ein spezielles Messer und öffnest sie mit Gewalt, oder nicht?«

»Aber warum willst du sie überhaupt öffnen? Möglicherweise fühlt sie sich so am besten, wie sie ist – verschlossen.«

Vielleicht war es ja wirklich so, doch darüber hatte ich noch keine Sekunde nachgedacht.

»Und wie sieht es jetzt mit Pipos Verfolgung aus? Ist dein Nein endgültig?«

»Ja, absolut. Es tut mir Leid.«

Mir tat es aber noch mehr Leid, denn das Thema war nun abgehakt. Ich selbst konnte mich unmöglich an Pipos

Fersen heften, dafür war ich auch einfach nicht objektiv genug. Ich musste also jemand anders finden.

»Wie wäre es, wenn wir das mit Mimi gleich morgen Abend durchziehen würden?«

Edouard hatte nichts dagegen einzuwenden. Vermutlich wollte er die ganze Angelegenheit so schnell wie möglich hinter sich bringen.

»Einverstanden. Wie machen wir's?«

»Ich werde so gegen acht Uhr dreißig zu dir fahren und dann in deiner Wohnung auf euch warten.«

»Okay.«

Ich bestand darauf, dass er das Foto von Mimi behielt.

»Du musst sie auf jeden Fall sofort erkennen, Edouard.«

»Hey, mach dir darüber keine Sorgen. Wenn sie morgen da ist, bringe ich sie dir zu mir nach Hause. Und nun? Wie wär's? Gehen wir noch zusammen an die Bar?«

Ich war damit einverstanden. Jetzt, da er sich bereit erklärt hatte, sich auf mein Spiel einzulassen, konnte ich nicht schon wieder einfach so abhauen. Doch mit meinen Gedanken war ich ganz woanders. Ich dachte die ganze Zeit darüber nach, wie ich die Sache mit Pipo am besten durchziehen konnte. Wen kannte ich noch, der mir dabei helfen konnte? Ich bemerkte nicht einmal, dass Edouard heftig mit mir flirtete, bis er plötzlich seine Lippen fest auf meinen Mund presste.

Ich wies ihn nicht zurück. Ich ließ mich von ihm küssen, als wären wir ein ganz normales, verliebtes Pärchen. Seine Zunge tanzte wie wild in meinem Mund, bis ich beinahe zu ersticken drohte, und ich schwelgte in dem Gefühl, begehrt zu werden.

Ich weiß nicht, ob dieser Kuss etwas mit der Idee zu

tun hatte, die mir unmittelbar danach durch den Kopf schoss. Möglicherweise bewirkte ein kurzzeitiger Sauerstoffmangel im Gehirn ja eine verbesserte Denkfähigkeit, denn plötzlich stand eine mögliche Lösung vor meinem geistigen Auge wie ein Neonschild.

Ich überlegte, welche Personen ich hier kannte. Vier insgesamt, davon waren drei mehr oder weniger vertrauenswürdig: Pipo, Mimi und Edouard. Nummer vier war – Yamal.

Obwohl ich ihn nicht näher kannte, war er doch der Erste gewesen, der mir hier in Paris über den Weg gelaufen war und mit dem ich einige Phrasen ausgetauscht hatte. Wir hatten irgendwie einen Draht zueinander, da war ich mir sicher. Außerdem hatte ich das Gefühl, dass er die ideale Person für meine geplante nächtliche Verfolgungsjagd war. Als ich Edouard von ihm und meinen diesbezüglichen Absichten erzählte, war er jedoch alles andere als begeistert.

»Ihr kennt euch doch gar nicht richtig!«, rief er mit hochgezogenen Schultern, als ob er mich dadurch davon abhalten könnte, diese lächerliche Idee umzusetzen.

»Aber das ist doch in diesem Fall nur gut. Denk doch mal nach.«

»Also, ich weiß nicht. Wie willst du ihn überhaupt dazu bekommen, dass er dir hilft?«

»Ganz einfach – mit Geld.«

»Wie bitte?«

Ungläubig riss er seine grünen Augen derart weit auf, dass er mit einem Mal große Ähnlichkeit mit einer Manga-Figur hatte.

»Doch, sicher. Ich werde ihn bestimmt nicht darum bitten, ohne ihm irgendeine Gegenleistung zu bieten. Du selbst hast es doch eben gesagt: Er kennt mich ja kaum. Er wird sicher nicht eine ganze Nacht lang hinter jemandem herrennen, nur um mir einen Gefallen zu tun. Hör mal, daran ist doch nichts Schlimmes! Wenn ich in seiner Lage wäre, ich würde es auf jeden Fall tun. Das Leben hier in Paris ist sauteuer und ich glaube nicht, dass er weiß Gott wie gut verdient.«

»Wenn du das sagst ...«

»Ich glaube, die Idee ist spitze, und wahrscheinlich wird er mir auch noch dankbar sein. Außerdem glaube ich, dass er Paris bei Nacht wie seine Westentasche kennt.«

Edouard hatte offensichtlich noch immer Bedenken, aber das war nicht wichtig. Ich wollte nur mit ihm darüber reden, nicht ihn davon überzeugen. Während er sein Glas schweigend leerte, beobachtete er das Treiben um uns herum.

»Hast du dir eigentlich schon überlegt, dass er sich weigern könnte, einem Landsmann nachzustellen?«

»Aber sie kennen sich doch gar nicht, Edouard, und Geld regiert die Welt, oder nicht?«

Ich wollte nicht, dass Edouard mich nach Hause begleitete. Die Verabschiedung zwischen Mann und Frau vor der Haustür führte stets unweigerlich zu der Frage: »Kann ich noch kurz mit hinaufkommen?«, doch darauf hatte ich heute keine Lust. Zum Glück hatte ich die perfekte Ausrede, denn wenn Mimi ihn sah, konnten wir unseren Plan für morgen gleich vergessen.

»Ach, Edouard, noch was: Sag ihr bitte einen anderen Namen. Nenne dich wie du willst, aber nicht Edouard. Ich habe ihr von dir erzählt und ich möchte nicht, dass sie irgendetwas ahnt.«

»Alles klar, mach dir keine Sorgen, Val. Wann wirst du mit dem Typen reden?«

»Gleich morgen fahre ich zu ihm hin. Ich erzähl dir dann alles. Wir treffen uns also um halb neun bei dir, abgemacht?«

»Alles klar.« Er stieg in ein Taxi, öffnete das hintere Fenster und gab mir noch einen kleinen Kuss auf die Lippen.

Mimi hatte wie üblich das Bett nicht gemacht. Als ich mich in die Laken fallen ließ, stieg mir ihr Duft in die Nase, der hier noch gefangen war, und es roch, als hätten wir vor Stunden eine Ylang-Ylang-Duftkerze angezündet. Ich stellte mir Mimi mit zwei Männern in Sandwich-Stellung vor, eingeklemmt zwischen ihnen wie ein Stück Fleisch zwischen zwei Brotscheiben, das nur darauf wartete, verschlungen zu werden. Ich sah Mimi schwitzend vor mir, mit erhobenem Hinterteil, während sie schrie und bettelte, die beiden Männer sollten sie nicht länger warten lassen. Ich sah einen nach allen Regeln der Kunst durchgeführten »Doppeldecker«, mit rechtwinklig abstehenden und vorne abgeschrägten erigierten Penissen. Ein bleiches Licht erhellte den Raum und Mimis Körper leuchtete dort auf dem Bett, weich und unsterblich, gefangen zwischen zwei schwitzenden, angespannten und keuchenden Gestalten. Es war wunderbar, sie so zu sehen, mit dem Gesicht nach unten, während sie in die Laken biss, um ihre Lustschreie zu unterdrücken. Ihre auf dem Bett ausgebreitete schwarze Mähne glänzte wie eine Kaskade aus Seide, während sie im Rhythmus der Stöße über die Laken glitt. Ihr kleiner, zierlicher Körper schien sich unter dem Ansturm der zwei massigen Gestalten regelrecht aufzulösen. Zwischen den Sandwichscheiben war eine Reinheit gefangen, die sich jedoch mit jedem Stoß mehr und mehr verflüchtigte. Ich erkannte, dass ich versuchte, Mimi mit diesem Bild zu »heterosexualisieren« und mir zu diesem Zweck offenbar ein Mann allein zu wenig war. Vermutlich machte mir ihre lesbische Sexualität Angst und ich dachte vielleicht, dass sie eine Bedrohung für meine eigene Sexualität darstellen könnte.

Es war jetzt schon beinahe sechs Uhr morgens. Ich sah auf die Uhr und hörte Mimi plötzlich neben mir schluchzen. Sie roch nach Alkohol und nach diesem billigen Patchouli-Deodorant, das in den Clubs und Abendlokalen auf den Toiletten für die Gäste steht, die nicht nach Schweiß und Rauch stinken wollen. Der Geruch unterschied sich deutlich von dem angenehmen Ylang-Ylang-Duft, den ich wahrgenommen hatte, als ich nach Hause gekommen war.

Nachdem sie sich auf das Bett gelegt hatte, versuchte Mimi ihre Schluchzer in ihrem Kissen zu ersticken, doch ihr ganzer Körper zitterte und brachte die Matratze zum Vibrieren.

»Wenn du mit mir doch nur über alles reden würdest ...«, flüsterte ich.

Ich hörte, wie sie schluckte und an ihrer Nase herumwischte. Danach drehte sie sich brüsk zu mir um.

»Du schläfst gar nicht?«

»Wie du siehst, nicht.«

»Du spionierst mir nach und checkst, wann ich nach Hause komme, oder?«

Ich erkannte, dass sie auch dieses Mal nicht bereit war, mit mir in Ruhe über alles zu sprechen, stattdessen wurde sie wütend. Ich wollte es unbedingt noch einmal versuchen, ein letztes Mal, bevor ich meinen Plan umsetzen konnte, aber es hatte keinen Sinn.

»So ein Blödsinn, Mimi! Ich konnte nur nicht schlafen, das ist alles. Du weißt doch, dass ich immer Schlafprobleme habe.«

Wütend murmelte sie irgendetwas vor sich hin, und ich beugte mich vor, um sie zu umarmen, doch sie stieß mich weg. Plötzlich begann sie zu schreien und mich zu beschimpfen. Sie hatte eindeutig zu viel getrunken und nun verwandelte sich all ihre Liebe zu mir in Grausamkeit. Der Übergang zwischen Liebe und Gewalt ist oft fließend … Wenn wir miteinander schliefen, hatte ich mehr als einmal ihre Aggressionen unter den bedachten Bewegungen, den ungeduldigen Zärtlichkeiten und den gierigen Küssen gespürt. Obwohl ich sie anfangs zurückgewiesen hatte, hatte sie es mit ihrer Hartnäckigkeit letztendlich doch geschafft, meine Bedenken auszulöschen, und ich hatte mich geschlagen gegeben. Liebe und Gewalt gehen beständig Hand in Hand. Ein leidenschaftlicher Kuss ist stets wild, ungezügelt und dominant, man denke nur an die Kussszenen aus den Liebesfilmen der fünfziger Jahre.

Doch trotz ihrer gewaltigen Wut wies Mimi mich an jenem Abend zurück.

»Du Schlampe«, schrie sie wie irr im Halbdunkel des Zimmers. Ich wiegte sie trotzdem in meinen Armen wie ein Baby, das nicht aufhören will zu weinen.

»Schlampe, Schlampe, Schlampe!« Während Mimi schrie, boxte sie mich immer wieder, jedoch nur leicht, denn in ihrem tiefsten Inneren wollte sie mir wohl gar nicht wehtun.

»Beruhige dich doch …«, flüsterte ich immer wieder. Von ihrer Wut überwältigt, schlief sie schließlich in meinen Armen ein. Noch heute erinnere ich mich an diese und andere bitteren und zugleich süßen Nächte mit Mimi, wenn sie von Alkohol umnebelt durch die Hölle ging.

Es war Sonntagmorgen.
Die Menschen in ihren Wohnungen wurden geweckt vom Duft nach leckeren Buttercroissants, dampfendem Kaffee oder knusprigem Brathuhn, das sich im Ofen drehte.
Kreischende Kinder wurden vor die Fernsehapparate gesetzt, über deren Bildschirme verrückte Zeichentrickfilme flimmerten, um sie wenigstens für kurze Zeit ruhig zu stellen. Kinder von Familien, die am Rande der Katastrophe lebten, kurz vor dem kollektiven Selbstmord.
Die Einsamen beschlossen sich das Leben zu nehmen – depressive Junggesellen etwa, die sich für den leisen und subtilen Tod durch eine Medikamentenüberdosis entschieden. Sorgsam wurden nun Tabletten mit dem Löffel zu Pulver zerdrückt, die zuvor im Nachtschrank gehütet worden waren.
Unzählige litten unter den Folgen eines Katers, der ihnen fast den Kopf zerspringen ließ, während gleichzeitig der im Übermaß genossene Champagner und die Zwiebelsuppe vom Abend zuvor unaufhörlich aufstießen.
Großmütter, von ihren Familien vernachlässigt und in heruntergekommenen, schäbigen Zimmern untergebracht, buken und glasierten ihre Apfelkuchen.
Ein ganz normaler Sonntag eben.
Aber Mimi stand nicht auf.
Ich ging eine Weile unruhig von Zimmer zu Zimmer und

machte dabei absichtlich Lärm, um zu sehen, ob sie nicht doch endlich aufwachte.
Aber Mimi wachte nicht auf.
Ich öffnete Türen und schloss sie wieder, ich wühlte in Schubläden und Kästen und erwog kurz, die Rollläden hochzuziehen, wovon mich jedoch letztendlich das nachtaktive Wesen in mir abhielt, das es hasste, die Sonne durch die plötzlich farblosen Vorhänge fallen zu sehen.
Mimi rührte sich nicht.
Ich rief Edouard an und fragte ihn, wie es ihm ging. Während ich extra laut in den Hörer sprach, ließ ich noch ein Buch fallen, das auf der Kommode stand … Nichts … Ich rauchte, hustete und spuckte ins Waschbecken, danach putzte ich mit einem Schwamm schleimige Flecken weg, die auf dem Email kleben geblieben waren.
Doch Mimi erwachte immer noch nicht.

»Mimi, ist alles in Ordnung mit dir?« Ich rüttelte an ihren Schultern.
Ihr Versuch, mich anzulächeln, scheiterte kläglich.
»Mimi, bitte! Sag doch was. Hast du Schlaftabletten genommen?«
Nur mit Mühe hob sie ihren Arm, es gelang ihr nicht, auch nur ein verständliches Wort zu artikulieren.
Mein Herz schlug wie verrückt und ich begann verzweifelt in der Lade ihres Nachttisches herumzuwühlen auf der Suche nach der Schachtel Stilnox, die hier immer lag. Die Schachtel war fast voll. Es schien also nicht allzu ernst zu sein, aber wahrscheinlich hatte sie die Tabletten zusammen mit Alkohol eingenommen.
»Mimi, Mimi … Wie viele Stilnox hast du genommen?«

Sie machte mir mit der Hand ein Zeichen, das ich nicht verstand.

»Was willst du mir sagen? Wie viele? Eine?«

Sie schüttelte langsam ihren Kopf.

»Also zwei?«

Sie nickte.

»Ich werde dir jetzt einen Kaffee mit Salz kochen, dann geht's dir bald besser. Vielleicht kannst du dann ein wenig aufstehen.«

Ohne zu zögern trank Mimi das eklige Gebräu und wurde langsam munter.

»Du hast dich doch hoffentlich nicht absichtlich in diese Lage gebracht, oder, Mimi?«

»Mein Gott! Ich hätte nur die Tabletten nicht mit Alkohol nehmen dürfen, das ist alles«, beruhigte sie mich, während sie sich den Mund ausspülte.

Ich wusste, dass sie nicht hatte sterben wollen. Sie wollte nur meine Aufmerksamkeit, sonst nichts. Während ich ihr sanftes und unschuldiges Gesicht betrachtete, war mein Traum von ihr und den zwei Männern nur mehr eine entfernte Erinnerung. Ich wusste nun, dass ich meinen Plan unbedingt so schnell wie möglich durchziehen musste.

Plan B

Manche Metrostationen haben große Ähnlichkeit mit gewaltigen Pissoirs, um deren Reinigung sich niemand kümmert. In den Großstädten sind sie Symbol für das Leiden mancher Zeitgenossen, die ihr ganzes Leben damit zubringen, sich hemmungslos zu betrinken, um anschließend die volle Blase genüsslich irgendwo am Bahnsteig zu entleeren. Die Säufer aus den Kleinstädten zieht es letztendlich immer in die großen Städte, nicht nur, um sich hier ungestört dem Suff hinzugeben, sondern auch, um unerkannt pissen zu können. Denn auch Säufer haben ihre Würde.

Die Station Blanche war ein Paradebeispiel: Hier prallten der Glamour und die Partystimmung des berühmtesten Viertels der Stadt mit dem Elend der Obdachlosen zusammen, die Touristen in Khakishorts und weißen Socken um Kleingeld anbettelten. In keiner anderen Stadt habe ich je so viele betrunkene Obdachlose erlebt wie in Paris. Die durch die Shows angelockten Touristen sicherten ihnen ein gewisses Einkommen, sodass sich diese zwei gegensätzlichen Welten letztendlich doch ergänzten.

Es war schon Abend, und die Letzten, die jetzt ihre Büros verließen und in die Metro einstiegen, waren jene, die versuchten, auf der Karriereleiter ganz nach oben zu klettern: Beamte oder leitende Angestellte, leicht zu erkennen an englischen Zeitungen wie *Business Week* sowie an den versteinerten, emotionslosen Gesichtern.

Vielleicht stellen Sie sich nun die Frage, warum diese Karrieremenschen überhaupt die Metro nehmen? Nun, die Antwort ist relativ einfach: aus reiner Heuchelei. Sie versuchen damit, sich selbst davon zu überzeugen, dass sie den Bezug zur Realität und zur Basis noch nicht verloren haben. Es fällt ihnen auf diese Weise leichter, den Untergebenen den typischen Vortrag zu halten, von wegen, dass sie in ihrem Leben hart arbeiten mussten, um nach oben zu gelangen; dass sie bei null hatten anfangen müssen; dass sie wüssten, was es heißt, ein Niemand zu sein, und so weiter …
Ein obdachloser Säufer ist im Grunde genommen nichts anderes als einer dieser Manager-Typen, die es irgendwann einmal versäumt haben, von ihren Zeitungen hochzublicken und aus der Metro auszusteigen. Wir müssten den Obdachlosen mehr Aufmerksamkeit schenken, denn sie sind das perfekte Beispiel, wie man auf der Straße zur Menschlichkeit zurückfinden kann. Paris ist voll von ihnen.
Ich schritt schneller, da ich schon etwas spät dran war. Ich wollte unbedingt noch vor Schichtwechsel mit Yamal sprechen. Vielleicht hatte Yamal ja Lust, mit mir irgendwo etwas trinken zu gehen, sodass wir uns in Ruhe unterhalten konnten.
»Ich hab kein freies Zimmer«, begrüßte er mich, als ich durch den Eingang trat.
»Hallo, Yamal. Wie geht's?«
»Danke, gut. Aber wenn du ein Zimmer brauchst – ich hab nichts frei momentan. Erst ab nächster Woche wieder.«
»Deswegen bin ich gar nicht hier. Ich möchte gerne mit dir reden, wenn du Zeit hast.«

Yamal warf einen Blick auf seine Armbanduhr und verglich die Zeit mit der Uhr an der Wand gegenüber der Rezeption. Energisch schüttelte er den Kopf.
»Weißt du, ich hatte heute Tagdienst und bin eigentlich schon weg.«
»Wenn du nach der Arbeit nur zehn Minuten Zeit hättest, könnten wir in der Nähe schnell einen Kaffee zusammen trinken. An der Ecke, gegenüber von der Metrostation, ist eine Bar, die geöffnet hat.«
Yamal schien darüber nachzudenken und warf mir einen unsicheren Blick zu.
»Nur zehn Minuten, sagst du? Danach müsste ich ...«
»Ja, nur zehn Minuten. Ich versprech's. Ich warte in der Bar auf dich, okay?«
Mit erstauntem Blick erklärte er sich einverstanden. Seine Bewegungen waren nun sehr bedächtig. Vermutlich fragte er sich, was ich wohl von ihm wollen könnte.
Ich bedankte mich noch einmal bei ihm und verließ die Pension in Richtung Bar, wobei mir auf der Straße einige Jungs nachpfiffen und mich zu einem Schäferstündchen mit ihnen einluden.
Nach ungefähr zwanzig Minuten tauchte Yamals grazile Gestalt in der Bar auf, in der Hand eine Plastiktüte aus irgendeinem Supermarkt. Zwischen seinen Lippen hing eine Zigarette, das Gel in seinen Haaren glänzte und er wirkte irgendwie heruntergekommen.
»Also? Was machst du hier? Wie läuft's mit deinem Japanischkurs?«
»Daran erinnerst du dich?« Ich musste lachen. »Nun, ehrlich gesagt, war ich bei keiner einzigen Vorlesung, seit ich hier bin ...«

»Aha.« Er bestellte beim Kellner ein Bier und drückte seine Zigarette aus.
»Sieh mal, Yamal. Ich würde dich gerne um einen Gefallen bitten.«
Er sah mich nicht an, sondern fixierte weiterhin den Aschenbecher.
»Hast du ein Auto?«, fragte ich geradeheraus.
»Ja. Ein altes zwar, aber es funktioniert. In der Stadt brauche ich es aber fast gar nicht, weil ich keine Lust hab auf diese ständige Parkplatzsuche. Warum?«
»Kennst du Paris gut?«
»Ja, sicher.«
»Und verdienst du viel bei deiner Arbeit als Empfangschef?«
»Was geht dich das an?« Sein Tonfall war gereizt.
Die Antwort bewies mir, dass er nicht gerade viel verdiente, sonst hätte er damit gewiss angegeben.
»Yamal … Ich würde dich gerne um etwas bitten – gegen Bezahlung, versteht sich.«
Mit weit aufgerissenen Augen sah er mich nun neugierig an.
»Um was geht es?«
Ich nahm meinen Kalender aus meiner Tasche und suchte die Visitenkarte, die ich zwischen den Juli-Seiten aufbewahrte.
»Sieh dir das mal an.« Ich reichte ihm Pipos Karte. »Dieser Typ arbeitet tagsüber als Taxifahrer. Ich habe ihn kurz nach meiner Ankunft in Paris kennen gelernt. Ich möchte, dass du dich eine Nacht lang an seine Fersen heftest, sobald du freihast.«
»Ist er dein Freund?«, fragte er, während er den Namen und die Telefonnummer auf der Karte las.

»Mehr oder weniger.«
»Ist er ein Dealer? Hat er Probleme mit der Polizei …? Ah, jetzt weiß ich es. Er geht fremd, das ist es, nicht wahr? Er betrügt dich mit einer anderen?« Yamal kicherte wie ein kleines Kind.
»Nun, um ehrlich zu sein, weiß ich das nicht genau. Möglicherweise. Das möchte ich eben herausfinden.«
»Pipo … Was soll denn das für ein Name sein?«
Yamal legte die Karte auf den Tisch zurück und fügte hinzu:
»Warum setzt du ihm nicht auch Hörner auf? Wenn du willst, stelle ich mich freiwillig zur Verfügung …« Verwegen grinste er mich an.
»Wie viel?«
»Sechshundert Francs«, sagte er, ohne auch nur eine Sekunde zu zögern, so als hätte er vorher ausreichend Zeit gehabt, sich über die Summe Gedanken zu machen.
Die Summe erschien mir nicht übertrieben. Ich war sogar bereit, auf tausend Francs zu erhöhen, sollte es notwendig sein. Dennoch akzeptierte ich den von ihm genannten Betrag nicht sofort. Vielleicht war es ja möglich, noch etwas herauszuschlagen.
»Nun, das scheint mir doch etwas teuer, Yamal. Ich bitte dich doch nur, ihm einige Stunden zu folgen, nicht mehr.« Bei Muslimen gehört Handeln zu einem richtigen Deal, es ist wie ein Ritual, dem man sich keinesfalls entziehen darf, wenn man ein gutes Geschäft machen will. »Ich gebe dir fünfhundert. Keinen Centime mehr, Yamal. Zuzüglich die Ausgaben, die dir in dieser Nacht entstehen.«
»Fünfhundertfünfzig«, kam es wie aus der Pistole geschossen, wobei er sich offensichtlich sehr schlau vorkam.

Ihm gefiel unser Spielchen und seine Augen glänzten vor Vergnügen. »Immerhin muss ich mir eine ganze Nacht um die Ohren schlagen. Alle Firmen zahlen ihren Nachtarbeitern Zulage, oder nicht?«
»Tja, vielleicht finde ich doch besser eine andere Lösung ...«, sagte ich wie zu mir selbst und schlug die Beine so übereinander, dass er sie sehen konnte.
»Hey, hör auf damit ... Ich hab eine Freundin.«
»Tatsächlich? Hast du dich nicht gerade in einer gewissen Angelegenheit als Freiwilliger gemeldet?«
Mit einem Mal bemerkte ich, wie enttäuscht ich darüber war, dass ich noch nicht mit Pipo im Bett gewesen war. Nun flirtete ich hier mit Yamal, jedoch nicht aus geschäftlichen Gründen. Wie ich zugeben muss, hatte das überhaupt nichts mehr mit dem Geld zu tun. Ich wollte mit Yamal schlafen. Um mich an Pipo zu rächen und um Yamal danach losschicken zu können, damit er sich an Pipos Fersen heftet. Wenn alles vorüber war, wollte ich Pipo ins Gesicht sagen, dass der Nordafrikaner, der ihn letztendlich hatte auffliegen lassen, mein Geliebter war. Ich wollte ihm beweisen, dass ich ebenfalls meine Geheimnisse haben konnte. Mir ging sogar durch den Kopf, ein Treffen mit beiden zu arrangieren, um dann mit ihnen in jener Sandwich-Stellung zu landen, in der ich erst vor kurzem noch Mimi vor meinem geistigen Auge gesehen hatte. Von beiden erstklassig bedient. Das gefiel mir. Eingeklemmt zwischen zwei Neinsagern, die sich letztlich doch geschlagen geben mussten. Präzise erzeugte Ekstase, hervorgerufen durch zwei stramme Kerle, die mich bis zum Anschlag ausfüllten.
»Also, was machen wir?«, fragte mich Yamal.

»Einverstanden«, sagte ich und betrachtete sein zufrieden leuchtendes Gesicht. Zweifellos war er der Meinung, mich bei unserem Deal abgezockt zu haben.
Ich erklärte ihm, wie wir am besten vorgehen sollten. Als Erstes sollte er Pipo anrufen und sich von ihm als Fahrgast irgendwo hinbringen lassen, um ihn erst einmal abzuchecken. Sie konnten sich ja zum Beispiel über ihre Heimat unterhalten, immerhin waren beide Algerier. Aufgrund seines südländischen Akzents und seiner eigenartigen Gestik erinnerte mich Yamal sogar häufig an Pipo. Doch anders als sein Landsmann vermochte Yamal meinem Blick nicht standzuhalten, er war deutlich weniger selbstbewusst.
Danach sollte Yamal zum Chez Jojo fahren, wo Pipo meistens vor dem Essen so um neun Uhr noch etwas trank. Dort konnte er dann in seinem Auto auf Pipo warten und ihm folgen, sobald er die Bar verließ.
»Wie findest du den Plan? Nicht so schwierig, oder?«, fragte ich ihn.
»Das geht in Ordnung.« Er streckte mir seine Hand entgegen. »Wie machen wir das mit dem Geld?«
»Die Hälfte gebe ich dir jetzt, die andere bekommst du, wenn du mir die Informationen geliefert hast, die ich haben möchte.«
Ich faltete eine Serviette, legte zweihundertfünfundsiebzig Francs hinein und notierte meine Telefonnummer darauf.
»Hier. Aber warte auf meinen Anruf, bevor du irgendeine Aktion startest. Ich bestimme den Zeitpunkt, alles klar?«
Yamal nickte zustimmend.

»Wie lange hast du noch Tagschicht?«
»Die ganze Woche noch. In der nächsten arbeite ich dann in der Nacht. Das wechselt wochenweise. Es müsste also noch diese Woche sein, andernfalls kann ich erst wieder in der übernächsten.«
Es war alles besprochen und es gab keinen Grund, unser Gespräch noch unnötig in die Länge zu ziehen. Ich fühlte, wie meine Angst, die mich nun jedes Mal bei Einbruch der Nacht überkam, immer größer wurde, wie die Sehnsucht nach einem Geliebten, von dem du weißt, dass du ihn niemals besitzen wirst. In Momenten wie diesen denkt man an den Tod, denn man spürt, dass diese Angst einen von nun an immer begleiten wird. Der Rest des Lebens zieht eintönig dahin und ein Tag vergeht wie der andere. Nichts verändert sich. Man resigniert, und hinter dem stoischen Blick verbirgt sich eine Seele, die blutet und schmerzt.
Doch ich wollte nicht den Rest meiner Tage so verbringen. Ich wollte die Wahrheit wissen, und zwar so schnell wie möglich.
»Yamal?«
»Ja?«
»Wenn du deine Meinung in dieser anderen Sache noch änderst … Du weißt schon … Freundin hin oder her – dann ruf mich an.«
Er lächelte. Ich verabschiedete mich und sagte ihm noch, dass ich mich im Lauf dieser Woche bei ihm melden würde.

Als ich nach Hause kam, erwartete mich eine aufgekratzte Mimi, die gerade von einem Einkaufsbummel zurückgekommen war und mir nun ein in leuchtend rotes Papier verpacktes Geschenk mit einer silbernen Schleife entgegenstreckte. Sie meinte, sie hätte der Versuchung, es zu kaufen, nicht widerstehen können, und sie hoffte, es würde mir gefallen.

»Mein Geburtstag ist erst im Januar, Mimi.«

»Ich schenke eben lieber einfach so«, erklärte sie mir. »Solche Geschenke haben einen ganz besonderen Sinn und außerdem werden sie mehr geschätzt, findest du nicht? Komm schon, mach es auf.«

Erwartungsvoll und belustigt sah sie mir dabei zu, wie ich mit den Zähnen das Papier zerriss. Darunter kam eine Schachtel zum Vorschein mit der Aufschrift »Making sex even better«. Darin befanden sich zwei silberfarbene Vibratoren und chinesische Liebeskugeln, die ich mit offenem Mund perplex anstarrte. Niemand hatte mir jemals etwas Derartiges geschenkt.

»Was ist denn das, Mimi?«, fragte ich völlig ungläubig.

»Gefallen sie dir nicht, Val? Sie sind für dich, oder besser gesagt, für uns. Eine kleine erotische Spielerei.«

»Willst du mich mit Sexspielzeugen irgendwie an dich binden, Mimi? Oder was soll das?«

Sie gab mir keine Antwort. Es war mehr als deutlich, dass ich mich nicht sonderlich über ihr Geschenk freute. Um das Schweigen zu überbrücken sagte sie mir, dass sie sich nun umziehen würde, um zur Arbeit zu gehen. Doch stattdessen schloss sie sich in ihrem Zimmer ein, und ich hörte, wie sie mit jemandem telefonierte.

An den Ufern der Seine

Irgendwie schien Mimi magische Kräfte zu besitzen. Sie las in meinem tiefsten Inneren wie in einem offenen Buch. Sie konnte fühlen, wenn im Leben anderer irgendetwas nicht stimmte. Sie spürte Leid und Traurigkeit, und auch jetzt wusste sie genau, dass es etwas gab, das mich bekümmerte. Um sich nichts anmerken zu lassen, verbarg sie dieses Wissen hinter einem gleichgültigen Gesichtsausdruck, den Mund zu einem müden, leicht gelangweilten Lächeln verzogen.
Sie schloss sich in ihrem Zimmer ein und rief jemanden an, um ihrem Ärger am Telefon Luft zu machen.
»Ich glaube, der Typ hat ihr komplett den Kopf verdreht. Ich verstehe das nicht. Ich kapier einfach nicht, was sie an ihm findet. Er sieht weder gut aus, noch ist er besonders intelligent ... Ja, eben ... Ja, ich weiß, ich kann Männer allgemein nicht leiden, aber ihn noch weniger ... Ja, ja – das weiß ich. Aber sieh mal, dieser Idiot zerrt sie in die übelsten Clubs der ganzen Stadt – und du weißt genau, dass es davon mehr als genug gibt, oder ...? Ja, eben, Paris ist voll davon ... Bis jetzt geht es ja noch so einigermaßen, aber stell dir vor, er nimmt sie in noch schlimmere Absteigen mit, du weißt schon, was ich meine ... Du wirst schon noch sehen, dass ich mich nicht irre. Das Ganze macht mich einfach total misstrauisch, was soll ich sagen ...? Ja, nach genau so einem Typen sieht er auch aus. Vor kurzem, weißt du noch? Erinnerst

du dich noch an Cécile? Also, die ist mit einem Typen zu den Brücken am südlichen Ufer der Seine ... Ja, ehrlich! Mann, du bekommst aber auch überhaupt nichts mit ... Erinnerst du dich noch an den Film *Wilde Nächte*? Das war ganz gleich. Zwischen der Bercy- und der Austerlitz-Brücke, genau so wie im Film ... Kein Witz! Was da los war? Du weißt doch, da treibt sich nur das schlimmste Gesindel herum ... Sagtest du nicht, du hättest den Film gesehen? Na ja, dort im Dunkeln, du weißt schon, gegen die Betonpfeiler der Brücke ... Nein, sie hat ihn nur begleitet. Er wollte, dass sie dabei zusah, wie sie es ihm in jeglicher Hinsicht besorgten ... Du weißt schon, was ich meine. Ja, dort sind fast nur Männer. Die sehen aus wie Nazis, kurz geschorene Haare, Bomberjacken und das alles ... Du weißt, was ich meine, oder? Nur ärgstes Gesindel, der reinste Abschaum ... Und du weißt ja, wie das bei den Algeriern läuft. Die stehen auf die harte Tour. Sie wachsen in irgendwelchen Vorstädten auf, wo sie sich von klein auf für ein bisschen Kleingeld von pädophilen Kerlen betatschen lassen ... Nicht, dass ich irgendwie rassistisch veranlagt wäre – ich, vergiss es! Nein, ich meine nur, dass ist einfach ihre Art von krummen Geschäften ... Sie lernen das schon von klein auf ... Das sieht man doch auch im Film ... Nein, das ist nicht dasselbe ... Ich geh doch nicht mit jeder ins Bett ... Ich will sie einzig und allein beschützen ... Ja, ich weiß ... Den Eindruck habe ich aber nicht ... Und was ist mit den ganzen verkommenen Absteigen? Natürlich kann es gut gehen, vielleicht wird sie aber auch vergewaltigt ... Ach, vergiss doch die Polizei! Die sind ja zu bequem, um überhaupt dahin zu fahren.«

Mimi sprach mit sehr lauter Stimme. Vermutlich wusste sie genau, dass ich lauschte. Die Abgeklärtheit, mit der sie mit dem oder der Unbekannten sprach, verfehlte ihre Wirkung nicht. Ich fühlte mich extrem unwohl in meiner Haut.

»Nein, es geht mir nicht um die Bumserei mit dem Typen ... Ich will sie nur schützen ... Ja, ich weiß, dass sie volljährig ist, aber Paris – wenn du dich hier nicht auskennst, bist du doch verloren ... Ja, ja, ich weiß ... Es gibt hier so gut wie nichts, was es nicht gibt ... Ja, wem sagst du das ...! Ja, gut ... In Ordnung. Mach dir keine Sorgen. Ich muss aufhören, die Arbeit ruft ... Ja, Küsschen, ciao.«

Sie legte auf. Als sie die Tür ihres Zimmers öffnete, tat ich so, als käme ich soeben von der Toilette zurück. Unsere Blicke kreuzten sich und wir blickten uns schweigend an.

Ich war ihr gegenüber extrem unfair gewesen. Hinter ihrem Geschenk lagen keinerlei berechnende Hintergedanken, sie hatte mir tatsächlich nur eine Freude bereiten wollen. Ich glaube, dass ich damals Angst davor hatte, dass sich meine Gefühle ihr gegenüber in einer Weise ändern könnten, die mir bislang völlig unbekannt war. Ich hatte gedacht, dass das Geschenk nur eine ihrer Taktiken war, um von ihren nächtlichen Aktivitäten abzulenken und mich durcheinander zu bringen.

Wenn ich heute daran zurückdenke, weiß ich, dass es nur ein Spiel gewesen ist, das ich nicht verstanden habe, und dass meine ablehnende Reaktion nur durch Angst hervorgerufen worden war – der Angst vor mir selbst.

Der Tag X

Alles war perfekt organisiert. Auf dem Weg zu Edouards Wohnung ging ich noch mal alles durch, was ich Mimi sagen wollte, sobald sie dann vor mir stand.
Edouard wohnte in der Nähe der Pariser Oper, in einem Haus mit elektrischem Tor, das nur mit entsprechendem Code geöffnet werden konnte, großen Balkonen, Marmoraufgängen und weitläufigen Treppen. Die Gegend entsprach genau dem Prestige eines jungen, erfolgreichen Arztes. Da er schon auf mich gewartet hatte, öffnete er mir ohne nachzufragen die Tür. Mein Blick fiel auf hohe, mit Stuck verzierte Zimmerdecken, einen Kamin im Wohnzimmer und herrlich glänzendes Parkett. Alles war perfekt aufeinander abgestimmt, nur mein trauriges Gesicht passte nicht so recht hierher.
»Bist du fertig?«
»Ja, ich mach mich gleich auf die Socken. Fühl dich wie zu Hause. Im Kühlschrank müsstest du alles finden, was du brauchst. Bedien dich ruhig.«
»Hast du ihr Foto? Sobald ihr ankommt, verstecke ich mich und tauche erst auf, wenn du ihr das Geld gibst. In flagranti, sozusagen. Und vergiss nicht, ihr einen anderen Namen zu nennen und …«
»Beruhig dich, Val. Mach dir keine Sorgen. Ich weiß, wie deine Freundin aussieht. Ich werde mich als Charles ausgeben und ich gebe ihr das Geld erst hier in der Wohnung.«

Ich entschuldigte mich bei Edouard, aber ich war einfach nervös.

»Und jetzt mach ein fröhliches Gesicht, immerhin bringe ich sie jetzt zu dir, so wie du es wolltest.«

Vor einem in Holz gerahmten Spiegel in Form einer Sonne rückte Edouard den Knoten seiner Krawatte zurecht. Er zog sein Sakko an und ich verspürte in diesem Moment den Wunsch, ihn zu küssen. Ich hatte das Gefühl, es würde mir Kraft geben, während ich hier auf ihn und Mimi wartete. Doch er verabschiedete sich einfach so von mir, zog die Tür hinter sich zu und drehte den Schlüssel zweimal im Schloss.

Wie lange würden sie wohl brauchen? Ich wusste es nicht. Um die Zeit totzuschlagen, ging ich von Zimmer zu Zimmer. Die Räume waren mit viel Geschmack eingerichtet und eher minimalistisch dekoriert. Große, auf die Straße hinausgehende Fenster tauchten die gesamte Wohnung in helles Licht und die aufgestellten Pflanzen schienen sich hier sehr wohl zu fühlen.

Eingelullt von der Zen-Atmosphäre der Wohnung schlief ich auf dem Sofa ein.

Es war einzig und allein Mimis Sturheit, die die Dinge so auf die Spitze getrieben hatte. Nichtsdestoweniger starrte sie mich jetzt trotzig und zornig an, der Mund eine rote Versuchung und die Augen schwarz vor Wut. Auf meine ungeschickt vorgebrachten Vorwürfe folgte nur Schweigen, das sich zwischen mir, Mimi und Edouard ausbreitete. Mimi schien völlig unbeeindruckt zu sein. Und der arme Edouard wusste überhaupt nicht, was er denn nun tun sollte. Er spielte den Ahnungslosen, gab vor, die

Situation nicht ganz erfassen zu können – es fehlte nur noch, dass er angefangen hätte zu pfeifen!
»Ich sage es dir noch einmal, Mimi! Es ist mir egal, was du tust. Aber es tut mir verdammt weh, dass du es nicht zugeben willst, nicht einmal mir gegenüber, deiner Freundin! Warum lügst du mich so an?«
Mimi blinzelte mehrmals mit ihren langen Wimpern und ich dachte, dass sie endlich irgendetwas sagen würde, doch sie blieb weiterhin stumm. Stattdessen ließ sie sich neben mir aufs Sofa fallen, kramte in ihrer Tasche und zog schließlich das obligatorische Päckchen Mentholzigaretten hervor. Edouard, der Zigarettenqualm nicht ausstehen konnte, traute sich jedoch nicht zu protestieren und beschränkte sich darauf, ein Fenster zu kippen. Der nun hörbare Straßenlärm milderte das angespannte Schweigen ein wenig.
Mimi zog heftig an ihrer Zigarette und blies den Rauch überheblich in Richtung Zimmerdecke. Sie erinnerte mich an einen Gefangenen im Todestrakt, der sich der letzten Augenblicke seines Lebens vor der Exekution deutlich bewusst ist. Tatsächlich war jedoch ich diejenige, die hier bestraft wurde. An einem Punkt angelangt, an dem es kein Zurück mehr gab, beobachtete ich resigniert das gleichgültige Verhalten meiner Freundin.
Auf dem Glastisch lagen die viertausend Francs – Mimis vermeintlicher Lohn für die bevorstehende Liebesnacht. Der Anblick der Geldscheine machte mich rasend vor Wut und ich konnte nur schwer an mich halten, sie nicht aus dem Fenster zu werfen. Auch den Drang, Mimi links und rechts zu ohrfeigen, damit sie endlich irgendeine Art von Reaktion zeigte, konnte ich nur mit Mühe nieder-

kämpfen. Es gibt nichts Schlimmeres als offen zur Schau getragene Gleichgültigkeit. Mimi zog weiter an ihrer Zigarette, unnahbar und kalt. Sie versuchte nach außen hin ruhig zu wirken, nur ihre sich unregelmäßig hebende und senkende Brust unter dem schwarzen Satintop verriet, dass auch sie angespannt war. In ihrem Innersten war sie zweifellos aufgewühlt.

Nach einer Weile hatte sie genug und drückte mit heftigen Bewegungen ihre Zigarette auf einem Kristallteller aus. Entschlossen erhob sie sich. Edouard drehte sich erneut zum Fenster, um sich nicht von ihr verabschieden zu müssen. Ich zweifelte nicht daran, dass er sich für seine Beteiligung an der ganzen Geschichte schämte und dass er sich von uns dreien am schlechtesten fühlte. Ich dachte, Mimi würde nun ohne ein weiteres Wort zur Tür hinausstürmen, doch stattdessen fragte sie mich:

»Bleibst du hier oder kommst du mit mir nach Hause?«

Ich konnte es nicht fassen. Wie konnte sie so tun, als ob überhaupt nichts geschehen wäre? Ihre Stimme klang derart sanft und ruhig, dass es mir unmöglich war, sofort zu antworten. Nach einer kurzen Pause ließ ich sie wissen, dass ich die Nacht über lieber bei Edouard in der Wohnung bleiben wollte. Nach allem, was geschehen war, sah ich mich außerstande, mit ihr das Bett zu teilen. Ich schrieb ihr Edouards Telefonnummer auf die leere Zigarettenschachtel, damit sie mich im Notfall erreichen konnte. Wortlos nahm sie das Päckchen entgegen, und während sie die Nummer las, sagte sie:

»Die ganze Situation entbehrt nicht einer gewissen Komik, findest du nicht?«

Ich wusste sofort, worauf diese Bemerkung abziel-

te. Dabei hatte ich gedacht, sie habe genug von den Nächten, in denen sie nicht über sich selbst bestimmen konnte. Warum verhielt sie sich nur so selbstzerstörerisch?
Sie zog sich ihr Top mit einer derartigen Leichtigkeit und Selbstverständlichkeit über den Kopf, dass ich dachte, das pervertierte Nachtleben von Paris hätte endgültig seinen Sieg über Mimi errungen. Aufrecht stand sie da, mitten im Raum, und ihr wacher Blick ruhte nun auf Edouards Schultern, der noch immer nachdenklich aus dem Fenster starrte. Erstaunt verfolgte ich das Ganze. Die wilde Bestie, die Mimi in sich trug, kam nun auf äußerst katzenhafte Art und Weise zum Vorschein.
»Se réconcilier sur l'oreiller« – laut dieser französischen Redewendung versöhnt man sich nach einem Streit am besten im Bett und tatsächlich wichen nach unserem Dreier alle Spannungen von uns.
Unser Liebesspiel zu dritt war nur die logische Folge der vorangegangenen Ereignisse. Mimi offenbarte uns auf diese Weise ihre Wahrheit und zeigte uns zugleich, wie sie die Nächte in Paris verbrachte. Darüber war ich mir sofort im Klaren. Ihre Hände zitterten leicht, als sie mich nackt auszog. Mir schoss der Gedanke durch den Kopf, dass sie sich vielleicht für ihre nicht den Normen entsprechende Sexualität bestrafen wollte. War da möglicherweise auch Exhibitionismus im Spiel? Vielleicht. Und Voyeurismus? Nun, so wie sie mich ansah, bestimmt. Sie setzte sich neben mich und legte ihren Kopf auf meine Brust. Ich streichelte ihr sanft übers Haar, doch waren meine Zärtlichkeiten weniger erotisch denn mütterlich und tröstend. Erst als es wieder still war im Zimmer,

gesellte sich Edouard zu uns. Die Situation mochte vielleicht irgendwie peinlich erscheinen, doch wenn sich die sexuelle Lust erst einmal Bahn bricht, versinkt man zur Gänze in diesem Strudel, und alle Vorurteile sind vergessen. Leidenschaftliches Begehren lässt sich durch nichts beirren, durch kein Tabu und auch nicht durch Schüchternheit und Verklemmtheit.

Mimi küsste mich, danach nahm sie Edouards Hand und führte sie in meine Richtung, doch aus irgendeinem Grund zögerte er. Er hätte es vorgezogen, Mimi und mir beim Liebesspiel zuzusehen. Doch Mimi hatte andere Pläne und blieb hartnäckig, sodass Edouard doch zu mir kam und in mich eindrang. Es war nun deutlich, dass Mimi keinen direkten Kontakt mit Edouard zulassen würde. Sie bot ihm einzig und allein den Anblick ihrer Nacktheit, nicht mehr. Anders verhielt es sich jedoch mit mir. Mimi setzte sich über mein Gesicht und bot mir so ihr seidiges Geschlecht dar. Offensichtlich war ihr Edouard aber dennoch sympathisch, denn sie bewegte sich aufreizend und ohne Scham vor ihm und präsentierte ihm ihre Kurven. Er hatte sich mittlerweile mit seinem Part als schüchterner »Missionar« abgefunden, der zwei Meisterinnen ihres Fachs in die Hände gefallen war. Mimi verhielt sich ihm gegenüber äußerst großzügig und zeigte ihm genau, was mir gefiel, und er zeigte sich als gelehriger Schüler, der all ihren Anweisungen widerspruchslos folgte. In mir Edouard und über mir Mimi. Meine Freundin hatte die ganze Situation zu jedem Zeitpunkt fest im Griff und dirigierte uns mit einer derartigen Eleganz und Souveränität, dass wir ihr wie in Trance folgten und uns unserem Vergnügen hingaben.

»Nie hätte ich gedacht, dass du bei einem Mann so gelöst sein kannst, von deiner Freigebigkeit ganz zu schweigen«, gestand ich Mimi schließlich.
»Du findest doch Gefallen an Männern, oder?«
»Natürlich.«
Mimi sah mich fest an. »Nun, dann habe ich es eben für dich getan.«
Noch heute frage ich mich, ob Mimi sich das alles zurechtgelegt hatte, um so aus der ganzen Sache wieder herauszukommen, oder ob sie das wirklich alles nur für mich getan hatte. Tatsächlich spielt das jedoch gar keine Rolle. Das Vergnügen, das diese vier Hände mir damals schenkten, spüre ich noch heute – egal, ob es nun geplant oder ungeplant gewesen war. Nur allzu gerne würde ich dieses orgastische Auf und Ab noch einmal erleben ... Doch ich weiß, dass derart intensive Momente sich nicht wiederholen lassen. Mimi wuchs durch die Überschreitung ihrer Grenzen über sich selbst hinaus und ich ebenfalls, ohne es zu bemerken. Welchen Wert hat denn schon das Leben, wenn alles nur in vorherbestimmten, festen Bahnen verläuft und nur noch Monotonie unser Dasein bestimmt? Ich akzeptiere, dass mich vor allem jene Dinge faszinieren, die ich nicht verstehen kann. Und dass jene Nacht nicht der richtige Zeitpunkt war, um Erklärungen für das Geschehene zu finden.
»Die restlichen Tage, die du noch in Paris bist – wie sollen die aussehen? Kommst du morgen zu mir, um deine Sachen abzuholen?«
Nicht einmal ich selbst wusste in diesem Moment, was ich wollte und was nicht.
»Wir sollten besser eine Nacht darüber schlafen, Mimi.

Wir können morgen in Ruhe darüber reden, wenn du möchtest.«
»Okay.«
Auf ihren hohen Stöckelschuhen verschwand sie durch die Tür.

Mimis Geständnis

An dem Tag, an dem Mimi mich bei Edouard zu Hause anrief, war auch Pipos Verfolgung durch Yamal geplant.

Mimi schien außer sich zu sein, wenngleich nicht auf dieselbe wütende Art wie an jenem Abend bei Edouard. Offensichtlich hatte sie mal wieder einen Mix aus Schlaftabletten und Alkohol zu sich genommen, denn es fiel ihr schwer, sich verständlich zu machen. Sie sagte, dass sie mir etwas Wichtiges mitzuteilen hätte, und wollte wissen, warum ich mich während der letzten beiden Tage nicht bei ihr gemeldet hatte. Außerdem fragte sie mich, wann ich denn nun bei ihr vorbeikommen würde, um meine Sachen abzuholen.

Edouard hatte mich in einem der Gästezimmer untergebracht, das ich kaum verließ. Er hatte einmal versucht, mich ins Bett zu kriegen, doch das war das Letzte, wonach mir der Sinn stand. Meine Gedanken kreisten ständig nur um Mimi und um Pipo, von dem ich überhaupt nichts mehr gehört hatte.

Zu meinem Erstaunen schien Mimi mir tatsächlich etwas Bedeutendes zu sagen zu haben. Vielleicht hatte sich Pipo ja bei ihr gemeldet, seit ich quasi ausgezogen war. Möglicherweise hatte sie ihm nichts von unserem Streit erzählt, sodass er gar nicht wusste, dass ich nicht mehr bei Mimi wohnte. Wenn sich Mimi durch irgendetwas auszeichnete, dann war es ihre Verschwiegenheit.

Ich wartete bis zum späten Nachmittag, bevor ich mich auf den Weg zu ihr machte. Auf diese Weise wollte ich vermeiden, länger als unbedingt notwendig mit ihr alleine in der Wohnung zu sein. Ich hatte vor, nur schnell meine Sachen zusammenzupacken, sie ins Taxi zu laden und zu Edouard zu fahren, bevor ich mich später mit Yamal treffen würde. Für danach hatte ich geplant, noch drei Tage länger in Paris zu bleiben, um doch noch zu versuchen, meinen Schein für die Japanisch-Vorlesungen zu bekommen. Außerdem wollte ich Paris endlich auch bei Tag kennen lernen. Bislang kannte ich die Stadt ja nur im Dämmerlicht oder ganz im Dunkeln.
Ich bat den Taxifahrer, auf mich zu warten. Da ich noch immer die Schlüssel für Mimis Wohnung besaß, brauchte ich nicht zu klingeln. Alles war ruhig. Ich ging in Richtung Schlafzimmer und sah Mimi, die offensichtlich eingeschlafen war. Auf der Seite liegend hatte sie die Beine in Embryonalstellung schützend an sich gezogen. Unter dem weißen Laken zeichneten sich die Konturen ihres Körpers ab, und ich musste an feinsten Gips denken, der sich in seiner sanft geschwungenen Gussform ausbreitet. Eine nackte Schulter lugte unter der Decke hervor und ich war mir sicher, noch nie zuvor etwas so Erotisches gesehen zu haben. Es war nur eine Schulter, aber Mimis ganze Sinnlichkeit schien ganz in diesem Punkt konzentriert. Mein Blick war gefangen von der sanft schimmernden, ebenmäßigen Haut, die sich über den vorspringenden Knochen des Schulterblatts spannte. Mimis Anblick versetzte mich noch immer in Wallung, doch ich wollte nicht erneut in diesem erotischen Strudel versinken. Ich riss mich zusammen, und ich streifte sogar den Gedanken,

dass Mimi sich absichtlich so platziert hatte, um mich und meinen Widerstand zu brechen.
Ohne sich zu bewegen, öffnete sie plötzlich ihre Augen, als hätte sie meine Anwesenheit gespürt. Meine Präsenz hatte die Dichte des Raumes verschoben, wie ein Luftzug, der hindurchwehte.
»Ich dachte schon, du würdest nicht kommen.« Mit einem unschuldigen Lächeln auf den Lippen sah sie mich an.
»Ich kann nicht lange bleiben, ich habe noch eine Verabredung.« Trotz des Knotens, der sich in meinem Hals gebildet hatte, gab ich mich distanziert.
»Mit Pipo?«
»Nein, nicht mit ihm.«
»Umso besser für dich.« Sie senkte den Blick.
»Ich weiß mittlerweile zur Genüge, dass du ihn nicht ausstehen kannst. Aber wie auch immer – ich habe ihn schon seit Tagen nicht mehr gesehen. Er ist im wahrsten Sinne von der Bildfläche verschwunden.«
»Das war klar.«
»Klar? Wieso klar?«
Sie schien irgendetwas über ihn zu wissen.
»Hat er vielleicht angerufen, seit ich weg bin?«, fragte ich.
»Nein.«
Ich dachte, sie würde mir wieder einmal nicht sagen, worum es ging, doch dieses Mal sollte ich mich täuschen.
»Er hat nicht angerufen, Val. Ich habe ihn getroffen.«
»Ach, wann denn? Ist er hier aufgetaucht? Hat er mich gesucht?«

»Ich habe ihn jede Nacht gesehen, Val. Seit ich wieder angefangen habe zu arbeiten.«
Ich konnte einfach nicht glauben, was ich da hörte. Mimi war bestimmt noch böse auf mich und ritt nun auf meinem wunden Punkt herum, um mich zu verletzen.
»Wie bitte? Ach, hör auf, Mimi. Also wirklich, nie hätte ich gedacht, dass du so nachtragend sein kannst.«
»Aber es ist die Wahrheit! Seit ich wieder angefangen habe zu arbeiten, habe ich ihn jede Nacht getroffen. Er kommt zu mir auf die Place de la Concorde. Er bezahlt mich und bringt mich zu sich nach Hause, er rührt mich jedoch nicht an. Du weißt, dass ich Männer nicht mag und ihn ganz besonders nicht. Das war schon vom ersten Moment an so. Doch möglicherweise stimmt es tatsächlich, dass man das, was man nicht haben kann, am meisten begehrt. Er scheint von mir regelrecht besessen zu sein.«
»Das glaube ich einfach nicht, Mimi. Du lügst mich doch nur schon wieder an. Du tust doch nichts anderes mehr seit der Nacht, in der wir dich haben auffliegen lassen.«
»Ich sag dir die Wahrheit, Val. Glaub mir doch. Mach deine Augen auf. Seit jener Nacht, in der ihr mich dort gesehen habt, kommt er jede Nacht zu mir.«
»Und warum hast du mir nichts davon gesagt?«
»Ich wollte dir nicht wehtun.«
»Und hatte er keine Angst davor, dass du es mir sagen könntest?«
»Ich denke, er weiß genau, welche Art von Freundschaft uns verbindet. Er wusste ganz genau, dass ich nichts verraten würde – nicht wegen ihm, sondern wegen dir.«
»Aber er hat mich doch ständig danach ausgefragt, ob du mir schon alles erzählt hättest. Immer wieder …«

»Die beste Art, etwas zu verbergen, ist darüber zu reden, Val.«
Ich ging noch einmal im Kopf alle Momente durch, die ich mit Pipo erlebt hatte. Ich wusste, dass ich ihm nicht gleichgültig war. Seine Blicke in den Clubs, die wir gemeinsam besucht hatten, konnten nicht lügen. Warum hat er mich auf seine nächtlichen Streifzüge durch Paris überhaupt mitgenommen? Ich sammelte meine Sachen ein, während Mimi betroffen, weil sie mir nun die Wahrheit gesagt hatte, neben mir stand.
»Weißt du, Mimi ... Er hat mir einmal gesagt, dass du ihm gefällst. Ich hätte es eigentlich sehen müssen. Mach dir keine Sorgen. Ich brauche nur ein wenig Zeit für mich, um nachzudenken. Vielleicht rede ich auch mit ihm. Ich bin auf dich wirklich nicht böse, ich liebe dich, also vergiss es.«
Nachdem ich fertig gepackt hatte, bat ich sie darum, ihr Telefon benutzen zu dürfen. Ich wollte die Verabredung mit Yamal absagen, denn es war nicht mehr nötig, Pipo durch die Nacht zu folgen. Was ich wissen wollte, wusste ich nun.
»Hallo, Yamal? Vergiss das heute, es hat sich erledigt.«
Yamal meinte, dass er sich das Geld, das ich ihm bereits gegeben hatte, aber für die entstandenen Unannehmlichkeiten behalten würde.
»Ja, klar, behalt es ruhig. Hör mal ...«
Ich machte eine Pause.
»Bist du immer noch mit deiner Freundin zusammen? Weißt du, ich bin nicht eifersüchtig.«
Dem Lachen nach zu urteilen, das vom anderen Ende der Leitung aus dem Hörer schallte, fand er meine Flirtversu-

che sehr schmeichelhaft. Ich fragte mich, warum es mir so leicht fiel, bei Yamal die Initiative zu ergreifen, während ich bei Pipo ständig in der Warteposition verharrt hatte. Warum reagierte ich auf einige Leute so offen, während ich bei anderen schüchtern und zurückhaltend war?
Ich wollte Pipo unbedingt noch ein letztes Mal sehen. Nur einmal noch, bevor ich Paris wieder verlassen würde.

Pipos Geständnis

Ich stellte mich im Chez Jojo an die Bar. Pipo hatte mir versprochen zu kommen, wenngleich etwas später als sonst. Ich wollte jedoch auf jeden Fall auf ihn warten, egal wie lange es dauern würde.
Als er schließlich in der Tür erschien, verfinsterte sich sein Gesicht beinahe theatralisch. Ich hatte mit einem Mal das Gefühl, als befände ich mich in einem Kriminalroman von Georges Simenon und stünde kurz vor der Aufklärung eines komplizierten Verbrechens. Nun – im Grunde genommen war ich ja tatsächlich aus einem ähnlichen Grund hier. Pipo küsste mich auf die Wange, fragte, wie es mir ging, und begann plötzlich, ohne dass ich ihn darum bitten musste, mir eine weitere Episode aus seinem Leben mit Isabelle zu erzählen.

Die Ohrfeige hallte wie ein Donner durch das Zimmer. Sie war ohne Vorwarnung gekommen und das Gefühl der Überraschung war schmerzhafter als der eigentliche Schlag.
»Du gehörst mir – mir allein! Du kannst nicht einfach so in der Nacht losziehen, wie es dir passt. Hast du mich verstanden?«, schrie Pipo sie an.
»Warum nicht?«, fragte Isabelle und hielt sich mit schmerzverzerrtem Gesicht den Kiefer.
»Weil ich es dir sage, klar?«
Isabelle drückte sich in das kleine Sofa im Wohnzimmer

und weinte leise, während ihr blutige Speichelfäden aus dem Mund rannen wie Wasser aus einem porösen Schwamm.
»Verdammte Scheiße. Sieh mal, wozu du mich treibst«, schnauzte Pipo sie an. Seine Nerven lagen blank.
Er lief unruhig in der Wohnung auf und ab und schlug mit den Fäusten gegen die Wände. Isabelle versteckte ihren Kopf aus lauter Angst vor weiteren Schlägen unter den Kissen. Pipo war völlig außer sich, und Isabelle wünschte sich nichts sehnlicher, als sich irgendwie in Luft auflösen zu können.
»Du hast kein Recht dazu. Du hast kein Recht dazu. Du hast kein Recht dazu«, murmelte Pipo unablässig vor sich hin. Er stellte sich vor Isabelle, die zitterte wie ein kleiner Welpe und ihren Kopf mit den Armen schützte.
»Verstehst du mich? DU HAST NICHT DAS RECHT DAZU, MIR SO ETWAS ANZUTUN!«
Dann ging er in die Küche. Mit einigen Schwierigkeiten gelang es Isabelle aufzustehen und sich ins Bett zu legen. Als Pipo zu ihr kam, mit einem Plastikbeutel voller Eiswürfel für ihren schmerzenden Kiefer, brach sie in lautes Schluchzen aus.
»Isabelle, ich verspreche dir, das wird nicht mehr vorkommen. Ehrlich. Ich versprech's«, beschwor Pipo sie leise, während er sanft ihre Hände wegzog, um ihr Gesicht zu sehen. »Aber du musst auch etwas versprechen.«
»...«
»Versprich mir, dass du nie mehr in der Nacht abhaust, ohne es mir vorher zu sagen. Versprich es.«
»Warum nicht?«, schluchzte Isabelle, als das kalte Eis ihre Wunden berührte.

Während Pipo mir diese Geschichte erzählte, war er immer blasser geworden. Ich war sprachlos, doch er fuhr fort:
»Eines Tages ist mir die Hand wirklich böse ausgerutscht.«
»Was willst du damit sagen?« Fragend sah ich ihn an.
»Eines Tages fiel sie hin und brach sich dabei das Genick. Dafür habe ich vier Jahre bekommen.«
Seine Augen schwammen in Tränen. Und ich konnte meinen Blick nur mehr im Whiskyglas versenken.
»Ich habe mir das nie verziehen. Nie. Seit damals kann ich einfach keine Beziehung mehr mit einer Frau führen. Deswegen streife ich durch Paris – auf der Suche nach meiner verlorenen Männlichkeit. Vielleicht denke ich, dass es mir … dass es mir irgendwie helfen kann. Ich weiß es nicht. Als ich dann deine Freundin Mimi sah, die Isabelle so ähnlich sieht, mit ihren langen, schwarzen Haaren, dachte ich, dass ich … na ja, dass ich vielleicht endlich damit abschließen könnte.«
Es fiel ihm sichtlich schwer, seine Gefühle in Worte zu fassen.
»Vielleicht hätte ich dir helfen können, Pipo. Du bist krank.«
»Ja, ich weiß. Aber es ist meine Krankheit.«
»Ich wollte mir nichts anmaßen. Doch du hast mich auf irgendeine Art und Weise zu einem Teil deines Lebens gemacht – und deines Problems.« Ich legte meine Finger fest ums Glas, damit er mein Zittern nicht bemerkte. »Und jetzt bin ich eben ein Teil davon, wenngleich auch nur ein ganz kleiner. Es muss doch einen Grund dafür geben, dass du meine Gesellschaft gesucht hast, oder nicht?«

»Du warst nicht mehr als ein Werkzeug für mich, Val. Eine Art Hammer, von dem ich dachte, er könnte endlich den Nagel einschlagen, der schon viel zu lange hervorgestanden hatte. Erinnerst du dich noch an den Autounfall?«

»Natürlich erinnere ich mich daran. Ich habe dich danach doch im Krankenhaus besucht.«

Er schien mich nicht zu hören.

»Dieser Autounfall war kein Unfall, sondern mein Versuch, mir das Leben zu nehmen. Und soll ich dir etwas sagen? An jenem Morgen, kurz bevor die Rettung auftauchte, na ja ... Da hab ich sie gesehen. Sie war dort, hat mich angesehen und dabei gelächelt. Ob du es glaubst oder nicht. Ich weiß, du denkst jetzt, ich wäre verrückt, doch ich schwöre dir, ich hab sie gesehen. Und danach traf ich Mimi ...«

Ein seltsames Lächeln stahl sich bei diesen Worten plötzlich auf seine Lippen und ein entschuldigender Ausdruck zeigte sich nun auf seinem Gesicht.

»Mimi ... Seit jenem Moment wollte ich nur noch mit ihr zusammen sein. Ich dachte, dass das alles einfach kein Zufall sein konnte – unmittelbar nach dem Unfall. Siehst du das denn nicht? Das musste doch einfach etwas bedeuten, oder nicht?«

Durch das Fenster der Bar sah ich aschefarbene Pinselstriche am Himmel, die vom Ende des Tages und dem Beginn einer weiteren langen und wilden Nacht kündeten. Für viele nur eine weitere bedeutungslose Nacht. Für mich jedoch nicht.

Nacht für Nacht hatte Pipo auf der Place de la Concorde sehnsüchtig auf Mimi gewartet und sie dabei beobachtet,

wie sie auf und ab ging, mit ihren schimmernden Strümpfen, den Plateauschuhen, der kleinen seidenen Gucci-Tasche in der Hand und dem beständigen Schweigen auf ihren Lippen. Jede Nacht sah er ihr dabei zu, wie sie den Männern in ihren Autos zulächelte und wie diese bei ihrem Anblick unmittelbar langsamer fuhren. Es überstieg seine Kräfte, sie mit einem anderen zu sehen.
Wir verließen die Bar und ich spürte in mir eine Traurigkeit, die mich schier zu erdrücken schien. Seit jenen Tagen in Paris werden die kleinen Sorgen des Tages in der Nacht zu unerträglichem Kummer.
Ich bat Pipo, mich am Eingang des Austerlitz-Bahnhofes abzusetzen und anschließend einen Brief bei Mimi abzugeben. In dem Brief schrieb ich, dass ich sie liebte, vor allem aber berichtete ich ihr von Pipos Geständnis.

Drei Personen saßen mit mir im Abteil.
Da war zuerst Marie, geschieden, zwei Kinder, die gleich am Tag nach der Hochzeit feststellen musste, dass ihr Mann das mit dem Treuegelöbnis wohl nicht ganz so genau nahm. Trotzdem schien sie immer noch an die Liebe zu glauben und las interessiert in einer Sammlung von Gedichten. Sie saß unglaublich gerade und nur ihre Hand bewegte sich hie und da, um die Falten ihres altmodischen Schottenrockes zu richten. Wahrscheinlich war sie Professorin für Philosophie. In ihren müden Augen war der Schock über die Trennung von ihrem Mann noch deutlich zu lesen und auch der traurige Abschied von ihren beiden Kindern, die zurückgeblieben waren, damit ihre Mutter in Spanien Urlaub machen und Abstand gewinnen konnte.

Die zweite war Brigitte, eine Französin, die einen Spanier geheiratet hatte. Ihre Familie lebte immer noch in Paris, sie war jetzt Hausfrau und nun zurück auf dem Weg an den ehelichen Herd. In der Frauenzeitschrift, durch die sie bislang geblättert hatte, blieb ihr Blick interessiert an einem Artikel über das aktuelle Sommer-Make-up haften. Ihre Wimpern waren mit leicht bläulicher Wimperntusche gefärbt, ein Ton, der genau zum Blau der gerade geschnittenen Moschino-Jeans mit dem deutlich sichtbaren Label passte. Zwei Ringe aus Weißgold zierten ihre molligen Finger, mehr gab es jedoch nicht über sie zu sagen.
Sylvie, die Dritte im Bunde, war gerade im letzten Jahr ihres Medizinstudiums und hatte genug von den ständigen Autopsien, die jedoch zu ihrem Leidwesen zu den Pflichtfächern gehörten. Während sie interessiert in einem Reiseführer über Barcelona blätterte, lutschte sie an ihrem Kugelschreiber herum und knickte erbarmungslos die ihrer Ansicht nach wichtigen Seiten des auf Hochglanzpapier gedruckten Führers um. Sylvies Kleidung roch nach Formalin. Eine Leiche musste für einen angehenden Arzt ja etwas ganz Alltägliches sein. Ich fragte mich, ob es denn wirklich möglich war, mit dem Tod so vertraut zu werden, dass er einen nicht mehr überraschen konnte.
Irgendwann erhob ich mich und verließ das Abteil, um eine Zigarette zu rauchen. Ich fühlte mich einsam und verlassen; die Wände des Abteils schienen mich plötzlich erdrücken zu wollen und mir war schlecht. Weder Marie noch Sylvie mit ihren bläulichen Lippen à la Morticia Adams blickten hoch, als ich hinausging. Ich war unsichtbar, so wie so häufig in den letzten Monaten. Pipo schien nicht der Einzige zu sein, der mich nicht sah.

Ich drückte meine Nase fest gegen das feuchte, schmutzige Fenster. Es war kalt. Die Landschaft draußen zog gerade schnell genug an mir vorbei, um die Konturen zu verlieren und sich in ein dunkles, impressionistisches Gemälde ohne erkennbare Signatur zu verwandeln. Die Betonbauten der Pariser Vorstädte wurden ebenso wie die alten, verlassenen Fabriken nach den Bahnhöfen und die zweistöckigen Züge im Rahmen des Zugfensters für einen kurzen Augenblick festgehalten. Ich befand mich im Intercity Paris–Barcelona und meine Uhr zeigte acht Uhr zweiundvierzig.

»Habibi«, hörte ich mich plötzlich sagen und zum ersten Mal klang es richtig. Ich kramte in meiner Erinnerung nach dem entsprechenden Wort in Japanisch, doch es wollte mir nicht einfallen. Ich musste plötzlich laut lachen und konnte mich gar nicht mehr beruhigen. Das Fenster beschlug bei meinen Versuchen, das H ordentlich auszusprechen. Ich war nach Paris gereist, um Japanisch zu lernen, und nun kam ich nach Hause mit einem arabischen Wort, einem einzigen nur, doch dies zu erlernen hatte mir mehr abverlangt, als mir lieb war.

Danksagung

An David Trias, meinen Verleger, der stets an mich glaubt und besser als jeder andere meine spezielle »Lebensphilosophie« versteht.

An Isabel Pisano, meine liebe Freundin, die mich zu jeder Zeit unterstützt und mehr an mich glaubt als an sich selbst.

An Manu, die mich immer wieder aufrichtete, wenn ich am Boden war. Manu – ich liebe dich! Denk immer daran: Wahrer Mut bedeutet, sich seinem wahren Selbst zu stellen. Nur so gewinnt man an Stärke.

An Sophie, denn Paris ist IHRE Stadt, trotz der Erinnerungen, die dieses Buch in ihr wach werden lassen wird. Nur Mut, Sophie! Du schaffst alles!

An Lolita, die es ganz allein mit ihrem Feingefühl und ihrer Wärme geschafft hat, mich all die »netten« Freunde vergessen zu lassen, die mir plötzlich die kalte Schulter zeigten.

An Rosa Llopis, die völlig frei ist von jener Doppelmoral und Scheinheiligkeit, die in unserer Gesellschaft so verbreitet sind. Ein Hoch auf deine Eierstöcke!

An Vicenç, dafür dass er (wirklich?) ebenso verrückt ist wie ich.

An Pierre Mérot für sein Buch *Säugetiere* und dafür, dass er mich mit »Johnnie Walker« ausgesöhnt hat.

Und an Freddie Mercury für die wunderbaren Nächte zu den Rhythmen von »The Show must go on«.

»Robin Schone weiß,
wie man prickelnde erotische
Liebesszenen schreibt.«
Romantic Times

Eines Morgens erwacht Elaine Metcliffe in einem anderen Jahrhundert, im Bett einer anderen Frau, in deren Körper und verheiratet mit deren Mann, dem attraktiven Baron Charles Mortimer. Ahnungslos weist dieser seine vermeintliche junge Braut in die Geheimnisse leidenschaftlicher körperlicher Liebe ein und läßt Elaine nie gekannte Freuden entdecken. Doch sie muß dem Geheimnis ihrer Zeitreise auf die Spur kommen – und dreht dabei am Rad ihres eigenen Schicksals …

»Indem sie Erotik mit Romantik kombiniert, testet Robin Schone die Grenzen des Liebesromans aus.«
The Literary Times

Wenn die Leidenschaft erwacht
Roman
ISBN-13: 978-3-548-26253-6
ISBN-10: 3-548-26253-8

ULLSTEIN

UB282

»Dieses Buch beweist Cindy Chupacks wundervolle Begabung, Liebeskummer in Gold zu verwandeln.«
Sarah Jessica Parker

Single sein ist nicht leicht, aber aufregend, besonders in New York! Voller Selbstironie und Humor beschreibt *Sex and the City*-Autorin Cindy Chupack die Zeit »zwischen den Jungs« nach einer gescheiterten und vor einer neuen Beziehung: vom Herzschmerz über »Sorbet-Sex«, Secondhand-Männer, Déjà-vu-Dates, saison-bedingte Panikattacken bis hin zum unseligen Valentinstag.

»Carrie Bradshaw weiß alles über guten Sex, Cindy Chupack liefert ihr die coolen Sprüche.«
Entertainment Weekly

ZwischenJungs
ISBN-13: 978-3-548-25840-9
ISBN-10: 3-548-25840-9

ULLSTEIN